날개의 힘은 둥지 속에 있었다

날개의 힘은 둥지 속에 있었다

펴낸날 2022년 4월 26일

지은이 이희야
펴낸이 주계수 | **편집책임** 이슬기 | **꾸민이** 김소은

펴낸곳 밥북 | **출판등록** 제 2014-000085 호
주소 서울시 마포구 양화로 59 화승리버스텔 303호
전화 02-6925-0370 | **팩스** 02-6925-0380
홈페이지 www.bobbook.co.kr | **이메일** bobbook@hanmail.net

날개의 힘은 둥지 속에 있었다

이희야 에세이

봄비 속에 엄마가 있다

이 세상에 처음 초록으로 싹튼

엄마라는 말,

그 말을 먹고 자란 나는

또 다른 봄비가 된다

움트는 대지

영남알프스 9봉을 완주해서 남편이 집으로 돌아오는 날 여느 때와 마찬가지로 남편을 맞이할 저녁 찬거리 준비를 하며 싱크대 앞에 서서 반찬거리를 다듬고 있는데, 문득 내가 '둥지를 지키고 있는 어미 새 같구나!'라는 생각에 잠겨보았다. 그리고 가족들이 둥지를 찾아서 날아드는 모습이 연상되었다. 가정의 소중함이 더없이 느껴지는 순간이었고 둥지를 잘 지키고 있는 나의 역할도 무엇보다 중요함을 다시 한 번 더 느껴본 날이었다.

어릴 적 학교에서나 바깥 놀이를 신나게 하고 집으로 돌아왔을 때 엄마가 집에 없으면 왠지 불안하고 화가 나서 툴툴거렸던 기억이 선명하다. '삐거덕' 대문 소리가 나면 한달음에 대문간으로 쫓아가서 "엄마, 어데 갔다 오는데!" 하며 엄마 얼굴을 쳐다보면 오줌동이를 머리에 이고 흙발이 되어 돌아온 엄마 모습에 안도감을 느꼈던 유년의 추억이 아른거린다.

우리가 추구하는 행복은 '둥지 속 그림자'를 완전히 벗어날 수가 없다. 가정이라는 '둥지' 속에서 우리는 성장하였고, 그 둥지 속에서 날개의 힘을 길러 창공을 훨훨 날아다닐 수 있는 용기를 지닐 수 있게 되었기 때문이다.

봄날의 통영에서, 이희야

목
차

글머리   5

1부

개꿈 ·· 12

외사랑 ·· 15

반려 ·· 21

별천지 ·· 24

내 사랑 양순이 ································· 28

촌뜨기 ·· 34

행복 ·· 39

백 년 지기 뿌리 깊은 나무 ············ 41

마음이 비워지면 거기에 내가 있다 ········· 47

또 다른 반려를 만나다 ··················· 50

질투 ·· 54

주름이 없었던 시절 ························· 59

서열 ·· 64

동네 한 바퀴를 돌다 ······················ 69

맵디매운 양심 ·································· 72

날다람쥐 ·· 79

산영 ·· 83

개구리 알 ·· 86

풍경이 있는 집 ································· 90

2부

사회인이 되다 ·················· 98

운명은 자기 의지와는 상관없이 흐르는 강물이

었다 ·············· 103

휴식 ·············· 105

이루어질 수 없는 사랑 ·············· 108

네 잎 클로버 ·············· 115

인정 ·············· 119

시인의 꿈 ·············· 124

시 ·············· 128

강가에 서서 ·············· 130

도끼를 맞은 돼지 ·············· 134

나의 벗, 정자나무 ·············· 137

환상 ·············· 142

리본을 풀어헤치며 ·············· 147

3부

돈가스 ······················· 154

예지몽 ······················· 160

부부 ························· 171

배신 ························· 174

불새가 날아들다 ··············· 179

배려 ························· 185

술 한잔에 담긴 약속 ············ 194

호박꽃이 별이 되었다 ··········· 200

푸른 물결이 일렁이고 ··········· 205

세상에서 가장 아름다운 손을 보았다 ····· 209

천의 소리 ···················· 216

사춘기의 비상 ················· 218

소나무의 회생 ················· 231

오월의 Happy Day ············· 234

시를 만나다 ·················· 242

1부

마음의 도화지에 처음으로 그려진 꽃이었다

개꿈

홀씨 하나가 가슴에 날아들었다

내가 개꿈을 꾸기 시작한 것은 가슴 속에서 아롱아롱 안개꽃이 피어나던 스무 살 때였던 것 같다. 건강으로 비롯된 여러 가지 사정으로 대학진학을 포기하고, 작은오빠가 군 내무반에서 기르다 가져온 말라깽이같이 생긴 고양이 한 마리와 더불어서 나의 20대는 안갯속을 거닐 듯이 시작되었다. 대학진학을 하지 않은 나는 순식간에 친구들을 모두 잃어버렸다. 아마도 내 안에 잠재되어 있었던 열등감을 이기지 못한 것이라 생각된다. 두문불출한 채 내가 이름 지어 준 '양순이'와 함께 투명하리만치 아름다운 20대를 채워가고 있었다. 요즘 시대에 개와 고양이가 가족이라는 개념의 '반려'라는 인식을 가지는 마음을 공감하기에 충분하였다.

양순이가 내 곁에 있어 외로움을 느끼지 못한 채 순수 영혼의 날갯짓은 아무런 충돌 없이 유유히 바람의 저항을 이겨나갈 수 있었다. 그러던 어느 날 깃털 하나가 가슴에 살포시 내려앉았다.

우리 집 근처에는 버스정류장이 있었고, 정류장 건너편에는 택시회사가 있었는데 간간이 정류장 슈퍼에 들러 군것질거리를 사 와서 먹곤 했었다. 어둠이 포근히 내려앉은 저녁에 왠지 오징어가 씹고 싶었다. 마실을 나가듯이 정류장 슈퍼에 들러서 오징어 두 마리를 사서 손에 들고 오는데 택시 기사 두세 명이 "오징어 뒷다리 하나만 주고 가세요. 아가씨"라며 실실거리는 거였다. '아가씨' 소리가 왠지 낯설게 들렸다. 아가씨라면 몸과 마음이 성숙한 여자라는 의미가 주어질 것 같은데 고양이 한 마리와 지내던 나로서는 쉽게 받아들여지지 않았던 멘트였다. 아무런 감정 없이 오징어 뒷다리를 떼어주고 집으로 걸어왔다. 혼자 지내던 시기에 나에게 말을 걸어 준 첫 번째 사람들이었다. 집에 돌아와 내 방에 앉아서 오징어를 잘근잘근 씹는데 왠지 기분이 좋았다.

홀씨의 꿈

　날개의 힘은 둥지 속에 있었다

외사랑

마음의 도화지에 처음으로 그려진 꽃이었다

오징어 뒷다리를 떼어주고 나서부터 나에게는 새로운 감정이 싹 트기 시작했었다. 고독의 극치를 내달리던 시기에 누군가의 관심은 굳게 닫혀있었던 마음의 문을 열어주기에 충분하였다. 그 후부터 나는 정류장 슈퍼에 자주 들르는 버릇이 생겼고 택시회사 사무실 앞을 자주 지나다녔다. 그럴 때마다 유독 나에게 친근하게 말을 걸어오는 기사 한 사람이 있었다. "어데 갔다 오는데?"라며 씨이익 웃어주는 모습이 왠지 마음을 끌었다. 잠자리 모양의 검은 선글라스를 쓰고 하늘색 셔츠를 깔끔하게 차려입은 모습은 어느 영화배우보다 멋있어 보였다.

안개꽃은 그렇게 피어나기 시작했다.

그로부터 며칠 후 싱크대에 기대어 커피 한 잔을 마시고 있는데 주방 맞은편 벽면에 걸려있는 대형거울 속으로 그 선글라스 기사가 고개를 숙이고 택시회사 사무실로 걸어가는 모습이 보였다. 순간, 요술 거울처럼 신기하기만 하였다. '뭐지?' 하며 다시 거울을 바라보앉더니 주방 창문이 대형거울과 마주하고 있었다. 학창 시절에 그렇게 어렵게만 느껴졌었던 과학 교과서가 현실에서 이렇게 쉽게 응용될 수 있다는 것이 예술적이었다.

얼굴이 예뻐지려면 거울을 자주 들여다봐야 하는 것처럼 나는 그 후부터 매일 주방 맞은편 벽면에 걸려있는 대형거울을 자주 바라보는 습관이 생겼다.

창문을 열어 놓으면 엄마는 내 마음도 모르고 먼지 들어온다며 늘 창문을 꼭꼭 닫아버렸다. 그럴 때마다 창문은 엄마와 내 손에 의해서 몹시도 시달렸다.

마음의 도화지에 처음으로 그려진 꽃이었다.

나의 하루는 그 선글라스 기사를 거울 속에서 바라보는 거였다. 거울 속에 나타나지 않는 날이면 나는 어김없이 정류장 슈퍼에 오징어를 사러 갔었고 택시회사 사무실 앞을 지나다녔다. 우연히 마주치는 날에는 나의 작전이 제대로 맞아떨어지는 기쁨에 가슴 속에 뭉게구름이 두둥실 떠다녔다.

어느 날, 해 질 무렵 엄마가 시장을 다녀오면서 대문을 열고 들어오는데, 아니, 그 선글라스 기사분이 엄마 시장바구니를 대문 앞까지 들어다 주는 거였다. 대문 앞에 서 있던 나를 보더니 씨이익 웃어주고는 엄마에게 인사를 하고 골목을 돌아 나가는 거였다. '엄마, 어찌 아는데'라고 물어보고 싶었지만, 혹시나 엄마에게 내 감정이 들킬까 봐서 아무렇지 않게 방으로 들어와 버렸다.

나만의 완벽한 속삭임이 연출 되고 있었다.

그 후로도 나는 해 질 무렵이면 싱크대에 기대어 주방 창문을 마주 바라보고 있는 대형거울을 바라보며 그 선글라스 기사가 택시회사 사무실을 오가는 모습을 지켜보는 재미에 푹 빠져서 혼자만의 설렘에 잠기곤 했었다.

그런데 언제부터인가 대형거울 속으로 그 선글라스 기사가 좀처럼 나타나지 않았다. 왜일까? 하면서도 누구를 붙잡고 물어볼 수가 없어서 저녁이 되면 정류장 슈퍼에 들러서 몇 번씩을 오징어를 사서 그 택시사무실 앞을 오가고 했었다. 한 달이 지나도록 마주치지도 않고 거울에도 나타나지 않는 그 선글라스 택시 기사는 나에게 깊은 시름을 안겨주었다.

'외사랑'의 실체가 이렇게 쓸쓸하고 허전하다는 것을 어떻게 알았을까?

고등학교 시절에 좀 조숙한 친구들이 학교 교정에 젊은 남자가 들어서면 귀신같은 소리를 지르며 창문가에 따다닥 붙어서 환호하는 모습을 보았는데, 나는 그때 당시 이성에 대한 호기심이 전혀 없었기에 '참 별난 아이들이구나'라고 생각만 했었고, 선생님 몰래 '하이틴로맨스' 책을 책상에 숨겨 읽는 친구들은 더욱더 이해할 수가 없었다.

그러던 내가 외로움의 극치를 내달리던 시간에 나도 모르게 우연히 스며든 '외사랑'은 영혼의 아름다움을 느낄 수 있는 계기를 마련해 주었다. '사랑을 하며 산다는 건 생각을 하며 산다는 것 보다 더 큰 삶에 의미를 지니리라', 서정윤 시인의 「의미」라는 시의 일부이다.

몇 달의 시간이 지난 후에 나는 누군가의 도움으로 그 선글라스 기사를 만나보게 되었다. 진주 터미널 맞은편에 위치한 다방이었는데, 내가 쑥스러움도 무릅쓰고 다방에 앉아서 기다리고 있는데 그 선글라스 기사가 다방 문을 열고 다급하게 영문도 모른 채 내 앞에 앉으며 웃으면서 말을 걸었다.

"무슨 일로 어떻게 나를 찾아왔노?"라며 첫말을 던지는데, 얼떨결에 입에서 튀어나온 말이 "안 보여서 찾아왔어요"라고 했다.

"뭐?"

"……."

"니 몰랐나? 내, 니 어렸을 때 우리 한동네에서 같이 안 살았나?"

"……."

"네 큰오빠 종원이 형님보다 내가 한 살 적다 아니가."

"……."

이럴 수가 있나 싶을 정도로 무참하고 부끄러웠다. 고개도 못 들고 탁자만 바라보고 있는 나에게 그 오빠가 "니, 내 좋아했나?" 웃으면서 물어보는데, "아니예!"라고 거침없이 대답해버렸다.

"그래, 그럼 여기까지 왔으니까 드라이브나 한번 하자."

"네에."

진주 남강 변을 드라이버를 하면서 그 오빠가 차 안에서 들려준 연애담은 그토록 내가 생각해 왔던 나의 순수한 영혼에 돌멩이를 던지듯이 한순간에 지난 모든 감정을 싹 쓸어가 버렸다. 그건 바로 나이가 찬 오빠에게는 결혼을 약속한 여자가 있었다.

이로써 나의 '외사랑'은 파도가 일으켜 놓은 물거품처럼 그렇게 쉽게 꺼져버렸다. 그날 이후 오빠를 다시 만난 것은 한 달의 시간이 흐른 후 어느 가을이었다. 전날 하루종일 책을 읽은 나머지 힘없이 자전거를 끌며 들길을 걸어가고 있는데 길가에 핀 하얀 들국화가 가을바람에 나풀거리고 있어서 한 잎 꺾어서 한쪽 귀에 꽂고 터덜 터덜 자전거를 끌며 다시 걸어가고 있었다. 그런데 문득 택시 한 대가 내 옆에 서더니 창문을 내리고 나에게 말을 걸었다.

"차 타고 안 갈래?" 하는 소리를 해서 얼굴을 쳐다보았더니, 언젠가는 다시 한 번 더 보고 싶었던 그 얼굴이었다. 그리고, 결혼했는지 안 했는지 무척 궁금해하던 그 오빠였었다.

"자전거도 실을 수 있어요"라고 했더니, "그 꽃 이쁘다"라고 말을 해 주었다. 그 말이 끝나자마자 내가 대뜸 물었다.

"결혼했어요?"

"그럼 했지"라고 대답했다.

"너는?"

"난, 내년에 가야죠"라고 대답하였다.

더이상 할 말이 없어지자 그 오빠는 먼저 휙 가버렸다.

꿈같이 느껴진 아롱거리는 기분을 안고 나는 나도 모르게 번져 나오는 웃음을 터뜨리며 여운이 감도는 가을 들길을 천천히 걸어서 집으로 돌아왔다.

반려

양전한 고양이 부뚜막에 먼저 올라간다

나는 요즘 시대에 흔히들 사용하고 있는 침대를 만들어 그 위에서 지내기를 즐겼다. 두 개의 의자를 양쪽에 놓고 그 위에 두꺼운 스펀지 매트를 걸쳐서 그 위에서 나의 양순이를 안고 포근하게 낮잠을 자곤 했었다. 내 품에 안겨서 새록새록 자는 양순이의 모습은 마치 갓난아기처럼 사랑스러웠다.

짐승의 습성이 되살아나는 밤이 되면 양순이는 어둠 속에서 달빛을 사냥하기를 좋아했다. 노란 줄무늬 망토를 휘날리며 수컷 고양이들을 교란시켜 어둠을 휘젓고 다녔다. '양전한 고양이 부뚜막에 먼저 올라간다'라는 속담을 리얼하게 엿볼 수 있었다.

양순이의 외모는 출중하고 남달랐다. 하얀 털옷에 망토를 걸쳐 입은 것처럼 등줄기에 노란 줄무늬를 그리고 있었고 목 뒤에는 매혹적인 노란 점을 찍고 있었다. 길게 늘어뜨린 흰 수염은 광채가 나리만치 유난히 희었다. 유명한 배우들에게 있는 복점이 양순이의 코에도 내려앉아 있었다. 코에 내려앉은 갈색 점이 내 눈에 들어올 때마다 나는 손 병따개로 양순이의 콧방울을 따 버리곤 했었다. 그럴 때마다 숨이 차서 깊게 숨을 몰아쉬는 양순이의 모습은 나를 한참을 깔깔거리며 웃게 했다. 테라스 난간 위에 있던 채송화 화분 옆에 앉아서 꽃 냄새를 맡으며 앉아있는 양순이의 모습은 한 컷의 스냅사진으로 남겨두기에 충분할 정도로 사랑스러웠었다.

낮에는 힘없이 축 늘어진 모습으로 낮잠을 즐기고 어둠이 내리면 까만 눈동자에 어둠을 몰아넣고 우리 집 장독간 너머에 있는 옆집 슬레이트 지붕을 자유롭게 날아다녔다. 양순이에게도 꿈꾸지 못한 사랑이 찾아온 것이었다. 암컷 고양이들은 수컷을 만나 짝짓기를 하면 어김없이 집을 나가버린다는 것이었다. 양순이가 내 곁을 떠난다는 것은 있을 수 없는 일이었기에 나는 매일 밤 양순이를 사수하기 위해서 온갖 노력을 기울여야 했었다.

장독대 난간 위에 올라서서 슬레이트 지붕에 올라간 양순이의 뒷다리를 붙잡고 실랑이를 벌이기 일쑤였고, 마른 멸치 한 마리를 가지고 양순이의 후각을 자극해서 슬레이트 지붕을 잡고있는 양순이를 겨우 지붕에서 끌고 내려와 방으로 데려왔다. 하지만 바람난 양순이는 나의 애절한 마음에도 아랑곳하지 않고 사랑을 찾아서 매일 밤 밀회를 즐기고 다녔다.

고민

별천지

'별천지' 네이버 사전을 찾아보았더니, '지구 밖의 세계' 또는 '속된 세상과는 아주 다른 세상' '딴 세상'이라고 되어있다. 이들 풀이 중에서 '딴 세상'이라는 속뜻이 가장 잘 어울릴 것 같은 세상 나들이를 한 적이 있다.

양순이가 매일 밤 수컷 고양이들과 밀회를 즐기러 다니던 시기에 나는 서울에 사는 막내 외삼촌네에 가게 되었다. 그 당시 외삼촌은 서울에 있는 모 은행 지점장으로 직장생활하고 지내셨는데 대출 비리에 연루되어 바람 앞에 선 촛불같이 집안이 어수선한 상태였다. 그래서 누군가 집안 살림을 도와줄 사람이 필요했었다. 어느 날 아버지께서 나를 방으로 부르셨다.

"네가 지금 집에서 놀고 있으니, 서울 외삼촌네에 가서 집안일을 좀 도와주고 오면 좋겠다. 외삼촌의 지금 사정이 잘 해결이 되고 나면 너를 분명히 은행에 취직을 시켜 줄 거다. 서울 사람 되려면 그만한 고생은 감수해야 하지 않겠나?"라고 하셨다.

돈 욕심이 많았던 아버지는 공무원 생활을 하시면서 그때 당시에 성황을 이루었던 쥐포 생산 공장의 물주를 겸하셨는데, 몇 년 가지 못해서 공장의 책임을 맡았던 분의 사기로 부도가 나서 경제적으로 매우 궁핍했던 상황이었다.

하지만 비록 공장은 부도가 났지만, 그때 당시의 추억으로는 전화기가 동네에 한두 집밖에 없었던 시절이라서 동생과 나는 예쁜 원피스에 머리 쪽을 하고 쥐포 공장으로 자주 심부름을 갔다. 공장 내로 들어서면 고무다랭이에 쥐 고기를 듬뿍 담아서 다듬던 아주머니들이 여기저기서 '사장 딸들 왔네' 하면서 우리를 반겨 주었다. 공장 들어가는 입구 오른쪽에는 넓은 과수원이 뻗어 있었는데 과수원 입구에 심겨 있던 조그맣고 빨간 일본사과는 손이 저절로 가서 따 먹고 싶을 만큼 작고 예뻐서 가지를 꺾어서 집으로 들고 돌아왔다.

가세가 기울어진 이후 엄마는 여덟 식구 찬거리 준비를 위해서 늘 배추 묶음 단을 사 와서 김치를 담고 시래깃국을 자주 끓여주셨다. 아버지께서는 월급을 타 오는 날에는 식구들을 한자리에 모이게 했었다. 아버지는 맨 먼저 할머니 용돈 삼만 원을 떼어주고는 적금을 제외한 나머지 돈으로 각자에게 알맞은 용돈을 챙겨주셨다. 그리고 맨 마지막으로 남은 돈 팔만 원을 엄마의 한 달 치 생활비로 건네주셨다. 이런 상황의 가정 형편 탓에 나는 아버지의 권유를 쉽게 저버리지 못했다. 바람난 양순이에게 한 마디 작별 인사도 하지 못한 채 나는 난생처음으로 상경을 하게 되었다.

서울 외삼촌네 집은 2층 단독주택이었다. 자주 왕래가 없었던 외가 식구들이었지만 엄마를 생각해서 조심스럽게 행동하였다. 외삼촌네 가족들도 나를 스스럼없이 잘 대해 주었다. 외사촌 남동생이 두 명이 있었는데 한 아이는 시력이 매우 나빠 보일 정도로 두꺼운 안경을 쓰고 있었고 한 명은 우등생 소리를 들을 정도로 공부를 잘한다고 하였다. 남동생 두 명이 나를 누나처럼 잘 따라 주었다. 난생처음 보는 외숙모는 외모가 빼어난 미인이었다. TV 드라마 속에서 자주 보았던 부잣집 사모님들이 즐겨 입는 실크 원피스를 즐겨 입으셨고 웨이브를 넣은 머리스타일은 한 층 더 외모가 돋보인 세련된 모습이었다.

노총각이셨던 외삼촌이 외숙모의 빼어난 미모에 반해서 하얀 배꽃이 휘날리는 배 과수원에서 통닭을 먹으면서 적극적인 구애를 하셨다고 한다. 하지만 이유는 알 수 없지만, 외가에서는 두 분의 결혼을 한사코 반대하셨다고 한다.

몸이 약한 엄마를 도와주던 필살기를 살려서 상경한 뒷날부터 나는 외삼촌네 집안일을 돕기 시작했다. 하지만 고작 해봤자 설거지와 청소하기였는데 외숙모는 손위 시누이의 딸인 나를 잘 부려먹지 않았다. 그저, 외숙모의 푸념 섞인 하소연을 들어주고 재잘거리면서 외숙모의 기분을 살펴주는 것이 나의 일상이었다.

내 사랑 양순이

첫사랑의 추억

안개꽃을 한 아름 가슴에 안고 지냈던 나와 별반 다를 게 없을 정도로 외삼촌네에도 짙은 안개가 드리워져 있었다. 별 어려움 없이 경제적으로 윤택한 삶을 평온하게 살아오다가 순식간에 맞닥뜨린 돌풍은 한 가정을 혼란에 빠뜨려 놓기에 충분하였다.

아침 8시가 조금 지나서 외삼촌이 창백한 얼굴로 집 계단을 내려서서 대문을 열고 나가시면 대문 밖에서는 검정 중형차가 외삼촌의 아침 출근을 기다리며 대기 중이었다. 그리고 매일 같이 외숙모는 지하실에서 담배를 피우고 나오셨고 수면제 없이는 잠을 이루지 못하는 나날의 연속이었다. 외사촌 남동생 두 명의 얼굴에서도 아이들다운 웃음기를 찾아볼 수 없을 정도로 늘 시무룩했다. 은행 지점장으로서 신중하지 못했던 외삼촌의 실책이 빚어 만든 회오리바람이었다. 사건이 진행되는 과정을 지켜보던 나로서는 정말 가슴 아픈 일이었다. 정신을 제대로 못 차리는 외숙모께 가끔 내가 애늙은이처럼 위로의 말을 건네 보곤 했다.

"하늘이 무너져도 솟아날 구멍이 있다고 안 하데예. 잘 될 거니까 기다려 보이시더."

이런 희망 섞인 한마디 말에 외숙모는 순간의 시름을 잊고 나와 이런저런 얘기를 나누곤 하셨다. 심심찮게 말동무가 잘 되어주는 나에게 외숙모는 시집도 보내주고 할 거니까 내내 같이 살자고 하셨다.

어느 점심때가 되어 외숙모께서 말씀하셨다.

"배고프지! 희야 뭐 먹을래? 우리 중국식으로 먹자. 난, 짬뽕!"

내가 중국식 음식을 먹어 본 건 초등학교 시절 시장 골목에 사는 친구 미연이네 골방에서 만화책을 보면서 먹어본 자장면이 처음이었다. 짬뽕을 먹어본 적이 없었기에, "저도 짬뽕 먹을세에"라고 했다.

얼마 후 주문한 메뉴가 도착하여 외숙모가 짬뽕값을 지불하기 위해서 자개 문갑을 여는데, 순간 나는 내 눈을 의심할 수밖에 없었다. 문갑 속에는 만 원짜리 지폐가 족히 한 뼘 높이로 보관되어 있어 보였다. 그 당시 엄마가 한 달 치 생활비로 팔만 원을 가지고 여덟 식구 찬거리 준비를 하던 때였기에 놀라지 않을 수 없었다. 어안이 벙벙한 채 나는 난생처음으로 짬뽕을 먹었다.

그러던 어느 날, 모처럼 집에서 전화가 걸려왔다. 그런데 별안간 전해 들은 소식에 나도 모르게 순간 전화통을 붙잡고 정신없이 엉

엉 소리 내어 울었다. 자지러질 정도로 안방에서 우는 소리를 듣고 놀란 외숙모가 급하게 방으로 들어와서 물었다.

"왜, 할머니가 돌아가셨니?"

고개를 가로저으며 대답했다.

"아니예."

"그럼 누가 죽었어?"

"……"

"양순이가 죽었대요!"

"양순이가 누구야?"

"……"

"우리 집 고양이요."

"뭐?"

외숙모가 배꼽이 빠질 정도로 웃다가 다시 내게 물었다.

"고양이가 왜 죽었대?"

"새끼 낳다가 새끼를 못 낳고 그냥 죽었대요."

"휴! 난 집에 계신 할머니가 돌아가신 줄 알고 얼마나 놀랐는지…"

그때의 심정은 이루 말할 수 없을 정도로 나를 슬프게 했다. 대학진학을 하지 못하고 혼자만의 시간 속에 갇혀 살던 시기에 나의 절대 고독을 함께 해 준 '내 사랑 양순이'와의 이별은 이렇게 먼 추억이 되고 말았다.

다시 집으로 돌아와서 듣게 된 양순이의 죽음은 또다시 나를 울게 하였다. 작은오빠가 죽은 양순이를 라면 상자에 고이 담아 시냇가 주위에 무덤을 지어 십자가를 꽂아 주었다고 내게 전해주었다.

첫사랑의 추억

오빠가 군 내무반에서 기르다 가져온

말라깽이 같이 생긴 고양이 한 마리

털옷을 씻어 말리고 잔등이를 쓰다듬어 주니

눈깔 사탕만한 눈망울이 천진스럽다

암컷 고양이라서 순이라 이름 지었다

이날부터 양순이는 내 눈빛 안에 갇힌 사랑둥이다

옆구리에 차고 다니면 야옹야옹 앙탈을 부린다

손 병따개로 콧망울을 따 버리면 숨을 몰아쉰다

두터운 스펀지 매트를 의자에 걸쳐 놓고 침대를 만든다

양순이를 안고 포근히 낮잠을 잔다

노란 줄무늬 망토에 하얀 수염을 늘어뜨린 채

꽃 냄새를 맡고 있는 모습이 양귀비다

미모를 알아 본 수컷들이 밤마다 숨어든다

지붕 위를 날아다니며 달빛을 저어 놓는다

내 품을 벗어난 양순이를 되찾기 위해서

멸치 한 마리에 승부수를 걸어본다

유혹의 덫에 발목이 잡힌 채 지붕에서 끌려 내려온다
바람기를 잡지 못한 양순이는
산고를 치르다가 끝내 저 하늘 별이 되었다

달이 뜨면 까만 눈동자에 어둠을 몰고 다니던
내 사랑 양순이
내 앞에 앉아서 "야옹" 하며 웃는다

촌뜨기

우물 안 개구리

서울 외삼촌네에서 잠시 머물고 있었을 때 나는 서울대학교 성악과에 다니고 있던 이종 언니와 함께 방을 사용했다. 언니 자취방은 외삼촌네 담장과 이웃한 바로 옆집에 살고 있었고, 언니랑 같이 누우면 딱 맞을 정도로 작은 방이었다. 매일 아침, 언니는 감미로운 피아노곡을 들려주었다. 지금까지도 내가 피아노곡을 좋아하는 이유가 여기에 있다.

인생에서 뒤돌아보면 20대 시절만큼 아름답고 영롱한 시기가 없을 듯하다. 스펀지처럼 빨아들이는 영혼의 물 들임은 새로운 나로 거듭나기에 충분하였다.

서울대학교 캠퍼스를 누비고 있는 대학생들을 바라보면서 마치 '천재들의 움직임'을 보는 것처럼 신기하기만 하였다.

외숙모와 가끔 시장을 보러 간 적이 있는데 서울 사람들은 시골 사람들과 달리 특별한 생활을 하고 있을 거라고 여겨왔었다. 그런데 정작 서울 시장에 가서 둘러보니 여느 시골 장터와 별반 다를

게 없을 정도로 시장 바닥에서 나물과 채소를 다라이에 담아서 팔고 있는 풍경이 펼쳐져 있었다.

"이거 얼만데예?"라고 내가 물건값을 물어보았더니, 채소를 파시던 아주머니가 내 얼굴을 쳐다보며 미소를 지으며 물었다.

"시골에서 올라왔어요?"

"예, 진주에서 왔어예"라고 대답했다.

서울 사람들은 서울을 제외한 나머지 지역 사람들은 모두 시골 사람들로 인식되고 있었다. 내가 사는 '사천'은 더더욱 모를까 봐서 그래도 시골에서는 진주가 교육의 도시로 알려진 것만큼 그냥 진주에서 왔다고 했다.

시장을 봐서 집으로 돌아온 외숙모가 나를 앞에 앉혀놓고 재밌는 이야기를 해 주었다.

"희야, 서울에 와서 말을 할 때는 무조건 말끝을 올려야 돼."

"와예?"라고 내가 궁금해서 물었더니, "사투리를 쓰면 사람들이 시골 사람이라고 놀려"라며 언질을 주셨다.

사실 외숙모께서도 경상도 분이셨는데, 집에서 서로 편하게 사투리를 주고받는 생활을 하다가 시장에만 가면 외숙모가 매번 말끝을 올리며 시장 상인들과 대화를 나눌 때마다 무언지 모르게 어색한 기분이 들었다.

그러던 어느 해 질 무렵 이종 언니가 단감이 먹고 싶다며 같이 시장에 갔다 오자고 해서 나란히 시장에 가서 단감을 사서 봉지를 들고 집 가까운 골목길을 돌아서는데 순식간에 '짠' 하고 바바리코트를 열어젖히는 일명 '바바리맨'과 마주쳤다. 그 순간에 어찌나 놀랐던지 혼비백산해서 자칫 정신줄을 놓을 뻔하였다. 어안이 벙벙한 채 힘 풀린 다리를 끌며 엉엉 울면서 외숙모네에 도착하자 외숙모가 영문을 몰라서 어리둥절 해하셨다. 이종 언니의 말을 듣고 난 외숙모가 코미디를 보시듯이 어찌나 웃어대는지 그러면서 안방에 들어가서 신경안정제를 가지고 나와서 나에게 먹으라고 주시고는 그것도 모자라서 청심환까지 챙겨주셨다. 서울에서는 허다하게 보는 일이라며 나를 잘 다독거려 주셨다.

뒷날 외숙모가 나의 기분을 헤아려서인지 이종 언니에게 상품권 한 장을 건네주시며, 명동 시내에 나가서 신발도 사 주고 시내 구경도 시켜주라고 하셨다.

이종 언니와 나는 상품권을 가지고 명동 시내에 나가서 '영에이지 빨간 구두'도 사고 압구정까지 돌면서 서울 이곳저곳을 구경했다. 마치 시골 쥐가 서울 나들이를 온 기분이었다. 그런데 명동 시내와 압구정 거리에서 내 눈이 휘둥그레진 것은 어깨선을 훤히 드러내 놓고 거리를 활보하는 여자들의 패션이었다. 시골에서는 상상도 할 수 없는 패션을 하고 거리를 활보하고 있었다. 그리고 TV에서나 본 국회의사당을 시내버스를 타고 가면서 보았는데 참으로 신기하기만 하였다. 자판을 펼쳐 놓고 옷을 파는 남대문 시장의 광경은 시골에서는 볼 수 없을 만큼 규모가 크고 인상적이었다.

"골라 골라 천 원, 이천 원!"

큰 자판을 펼쳐 놓고 호객행위를 하는 노점상 아저씨의 현란한 몸동작은 서커스를 보듯이 재미있었다. 언니와 나는 그 노점상 아저씨의 마음에 이끌려 언니는 오천 원짜리 백바지와 이천 원짜리 노란 티셔츠를 사고 나는 패션 감각이 무디어서 동그란 무늬가 그려진 땡땡이 웃옷을 한 장 샀다.

우물 안 개구리로 살아온 내가 촌뜨기 신세를 면할 수 있었던 최초의 화려한 외출은 꽉 막혀있던 나의 시야를 최대한 넓혀주는 계기가 되었다.

어느 날 아이보리색 점퍼 차림의 아저씨가 007가방을 들고 외삼촌네에 방문하였다. 나는 당연히 서류 가방이거니 생각을 했는데 그 아저씨가 집을 나가자 외숙모가 그 가방을 열어서 곧바로 부엌으로 들고 들어가셨다. 그리고 노란 찜통에 쏟아붓는 걸 보면서 '뭘까' 하고 부엌 밖에서 훔쳐보았더니 내가 생각했던 서류 가방이 아니라 한우 갈비 세트였다. 찜통에서는 구수한 냄새를 풍기며 연신 하얀 수증기를 내뿜으며 맛있게 요리가 되어 가고 있었다. 먹기 좋을 만큼 익었을 때 저녁 밥상이 차려지고 외숙모는 큰 그릇에 갈비

탕을 한 그릇씩 떠서 앞앞이 놓아주었다. 식사가 시작되자 외사촌 동생들과 외숙모는 맛있게 갈비를 뜯어 먹었다. 하지만 나는 한 점도 뜯어먹질 못했다. 왜냐면 지금껏 갈비를 먹어 본 적이 없었기 때문에 혹시나 얹혀서 고생할 생각을 하니 겁이 나서 한 점도 집어들 생각조차 못했다. 이런 내 마음도 모르는 외숙모가 갈비를 안 뜯어 먹는다고 채근을 하셨지만, 그냥 무난한 김치와 밑반찬이 나에게는 최고였다.

세월이 흐른 지금 그때의 기억을 새삼 떠올려 보면 웃음이 절로 나온다.

행복

지금 이대로가 참 좋은 것이다

한 달 반 정도 지냈을 서울 외삼촌네 에서의 생활은 내 인생에서 커다란 영향력을 지니고 있다. 외삼촌 은행 업무조사가 거의 마무리 되어갈 때쯤 해서 나는 자연스럽게 집으로 내려오게 되었고, 그 이후의 일은 KBS 저녁 뉴스에서 외삼촌이 모 경찰서에서 조사를 받기 위해 의자에 앉는 모습을 잠시 본 게 전부였다.

세월이 흐른 후에 새롭게 들은 소식으로는 그 사건을 겪은 이후에 외숙모가 10년 가까이 병상에 누워서 지내시다가 돌아가셨다는 슬픈 소식을 전해 들었다.

우리가 추구하는 행복이 결코 물질과 조건에 있는 게 아니라는 것을 나는 이미 그때 알아버렸다. 지금 주어진 나의 현재를 잘 받아들이는 습관은 어느 순간에 흔들리는 한 가정의 격동을 몸소 체험하고 나서부터이다.

그러므로 행복은 지금 이대로가 좋은 것이다.

세상에서 가장 행복한 사람은 감사하는 사람이다.

- 탈무드

여유

백 년 지기 뿌리 깊은 나무

기댈 등을 내밀어 준 친구

서울 외삼촌네에서 돌아온 나는 또다시 혼자만의 시간 속으로 빠져들었다. 고독은 늘 나와 함께하는 존재 이상의 의미를 부여해 주었다. 고독이란 미로 속에서 나를 찾아 헤매는 술래잡기와 같았고, 어둡고 긴 터널을 빠져나오지 못해 허우적거리는 손놀림의 행위와 같았다.

거울 속의 나를 바라보며 웃어도 보고 때로는 감미롭고 흥겨운 음악 리듬에 맞춰서 춤을 추었다. 그럴 때면 거울 속에 비친 나의 영혼이 아름답게 발광하고 있음을 짐짓 느껴 볼 때가 더러 있었다.

까만 장막의 밤하늘을 바라보면 정말 달나라에서 옥토끼가 계수나무 아래에서 방아를 찧고 있을까 하는 동화가 언뜻 떠오르면 무언지 모르게 나의 영혼이 우주 속으로 깊이 빨려들어 가는 느낌이었다. 그리고 어둠 속에서 사랑을 찾아 헤매다가 결국, 별이 되어버린 내 사랑 양순이가 고즈넉하게 떠올라 유난히 빛나는 별 한 개를 헤아려보고 했다.

어둠 속에 놓이면 절대 시인이 되고 만다. 어둠에 물들지 않은 영혼의 소리가 하얀 백지 위에 까만 글씨를 쏟아붓는다. 때 묻지 않은 감성이 소리 내어 울어보는 것이다. 타이프의 자음과 모음이 서로 소리 내어 글자를 만들고 생각의 속도를 따라잡기 위해서 양 손가락은 서툴고 분주하다. 타이프 소리가 멈추면 비로소 한 편의 시가 완성되고 마음속에는 고요가 깃들었다.

고등학교 시절에 무척 좋아한 친구가 있었다. 얼굴도 예쁘고 공부도 잘하고 성격도 긍정적이고 연두색 셔츠를 입고 4분단 두세 번째 앉아서 늘 고개를 숙이고 공부를 하고 있던 미영이, 쌍꺼풀진 커다란 눈으로 슬며시 웃어줄 때는 기분이 아주 좋았다.

어둠이 까맣게 물든 밤에는 여지없이 서툰 타이프는 자음과 모음으로 미지의 세계를 노래하기 시작했다. 한 줄 한 줄 늘어놓은 글자들은 문장을 만들어 깊은 감성을 읊조려 주었다.
어느 날 밤 A4지 하얀 연습장에 노란색 물감을 풀어서 수묵화처럼 물을 들였다. 그리고 칠 한 물감이 다 마르기만을 기다리며 어둠을 뚫고 나오는 감성의 소리로 끝없이 문장을 만들어나갔다. 아마도 물들인 A4지 연습장에 옮겨 적었을 때는 연습장 한 장을 가득 채운 서사시가 되었던 것 같다. 이 시를 액자에 담아서 친구 미영이에게 선물로 보내주었다.

그로부터 십여 년이 지난 시간에 세 명의 친구가 미영이 집에 다녀러 간 적이 있다. 학창 시절 공부를 잘했던 미영이는 어떤 생활방식으로 생활하고 있을까 자못 궁금하던 차에 집 여기저기를 둘러보았는데 언뜻 눈에 띈 책장이 있는 방에 들어가 보았다. 여전히 미영이는 책과 함께 생활하고 있는 느낌이었다. 그런데 책장 높은 곳에 장문의 시 한 편이 액자에 담겨있었다. 나는 습관처럼 한눈에 시를 읽어내려갔는데 왠지 낯설지가 않았다. '뭐지'하는 생각에 곁에 있던 미영이에게 물었다.

"미영아, 저기, 저 책장 위에 있는 시가 낯설지가 않네."

"그런데 저 시에는 왜 작가가 없노?"라고 했더니, "……"

미영이가 아무 말 없이 내 얼굴을 바라보며 미소를 지었다. 순간 나는 이심전심으로 미영이의 말 없는 미소의 의미를 단번에 알아차렸다. 이름도 없는 친구의 시를 10년이 지나도록 간직하고 있는 미영이가 너무나 고마워서 가슴이 뭉클하였다.

미영이와의 인연은 고등학교 2학년 때 같은 반이 되고 나서부터였다. 나는 미영이가 좋아서 늘 곁에 책상 자리를 잡곤 했었다. 점심시간이 되면 어김없이 미영이 곁에 가서 도시락을 먹거나 곧잘 따라다녔다. 왜 그렇게 좋아했는지 이유는 잘 모르겠다. '그냥'이라는 말이 내 감정을 가장 솔직하게 잘 표현해 주는 것 같다.

그런데 어느 날부터 한 친구가 나를 미영이에게서 따돌리듯이 하며 미영이의 껌딱지가 되어 독차지하듯이 붙어 다니는 거였다. 자연스레 나는 미영이와 멀어지게 되었고 외면당하는 기분에 속앓이를 참 많이 했다.

이런 사연이 있었던 내가 고등학교를 졸업하고 나서 미영이의 소식을 다시 접하게 된 것은 장맛비가 연일 내리던 어느 해 여름철, 주춤거리는 날씨 탓에 모처럼 하늘이 맑게 갠 날 오후였다.

나는 심심찮게 우리 집 옥상에 올라가서 옥상 난간에 걸터앉아서 상념에 사로잡힌 채 혼자만의 고독을 자주 즐겼다. 어느 날 오후 초인종 소리를 듣고 계단을 서둘러 내려가서 대문을 열어주었더니 우체부 아저씨가 "이희야 씨 앞으로 편지 왔어요"라며 편지 한 통을 건네주었다. '나에게 편지를 보내줄 사람이 없는데…' 하는 생각으로 얼떨결에 편지를 받아들었다. 그런데 보낸 이를 확인하는 순간 난 너무 기뻐서 울 뻔하였다. 손에 든 편지를 움켜쥐고 한달음에 다시 옥상으로 올라가서 구석진 곳에 주저앉아서 편지 봉투를 뜯어 보았다. 그리고 천천히 아주 천천히 곱씹으며 읽어보았다. '너와 함께 고등학교 시절 그때로 다시 돌아가고 싶다'는 내용과 함께 현재 대학교 생활을 하며 지내고 있는 자취방으로 언제든지 놀러

오라는 내용이었다.

이 한 통의 편지는 지금까지 내게 깔려있던 가슴속 먹구름을 한순간에 모두 사라지게 하는 계기가 되었고, 비로소 제대로 숨을 쉴 수 있는 여유를 깃들게 하였다.

편지를 받고 난 이후 나는 들뜬 마음으로 빠른 토요일 오후 짙은 화장을 한 채 과일을 사 들고 미영이가 지내고 있는 반지하 자취방을 찾아갔다. 뜻밖에도 거기에는 나를 미영이에게서 떼어놓았던 그 친구가 함께 지내고 있었다. 처음 그 친구와 얼굴을 마주했을 때는 다소 어색하였지만, 그 친구가 먼저 아무 일 없었듯이 반갑게 말을 걸어주었다.

"어! 희야 왔어, 오랜만이다. 그지?"

그래서 나도 아무 일 없었듯이 "그래, 오랜만이네"하고 서로 그동안에 있었던 이야기를 나누며 고등학교 졸업 이후 처음으로 옛 추억 속으로 날개를 펼쳤다.

정지된 시곗바늘이 비로소 다시 움직이기 시작했었고 나는 그 후로부터 미영이의 자취방을 자주 찾아가게 되었다. 그리고 여태껏 어느 누구에게 쉽게 꺼내 놓을 수 없었던 말 못 할 사연들을 주저하지 않고 거리낌 없이 미영이에게 모두 털어놓았다. 그때마다 미영이는 고개를 끄덕여 주며 그 수많은 나의 이야기를 모두 들어주며 공감을 해 주었다. 미영이를 만나서 가슴속에 묻어두었던 이야기를 실컷 하고 나면 그토록 나를 감싸고 있던 안개가 서서히 옅어져 감을 느끼게 되었다.

가장 힘들고 어려운 시기에 한 그루 나무가 되어 나에게 기댈 등을 내밀어 준 친구 미영이는 잊지 못할 나의 백 년 지기 뿌리 깊은 나무가 되어주었다.

친구를 갖는다는 것은 또 하나의 인생을 갖는 것이다.

- 그라시안

마음이 비워지면 거기에 내가 있다

사람의 마음은 광활한 우주와도 같아서 그 우주 속에서 하나의 점과 같이 꿈틀거리는 나를 찾는다는 것은 저 하늘의 별을 따고 뜨거운 태양을 만지는 상상 이상으로 힘들고 어려운 일이다. 그렇다고 우주의 주인인 나를 찾지 않으면 세상살이는 한낱 도깨비장난 짓에 놀아날 수밖에 없는 일이 아닌가 싶다. 끝없이 나를 찾아 헤매는 일이야말로 우주를 통째로 내 안에 들여놓는 일인 것이다.

사춘기 아들이 '내 마음을 모르겠어요'라고 했을 때 나는 그 아들의 마음을 짐짓 읽어낼 수 있었다. 나를 잃어버린 시간에 대한 숙제의 해답을 나는 이미 알고 있었기 때문이다. 아이는 여린 잎새와 같아서 나무의 뿌리인 부모의 영양분으로 힘껏 끌어안아 주어야만 하는 것이다.

금강경에 '마음'이란 사람의 오감(눈, 코, 귀, 입, 몸)이 외부로부터 오는 것들에 반응하여 일어나는 것이라고 되어있다. 예쁜 꽃을 보면 '예쁘다'라는 마음이 일어 자연스레 행복감이 밀려드는 기분을 느낄 수 있고, 사나운 짐승을 보면 '무섭다'라는 마음이 일어 불안한 마음이 일어나는 거와 같은 것이다.

우리는 살아가는 동안 수많은 사람과 관계를 맺으며 살아간다. 나와 같은 마음을 지닌 사람을 만나고 싶어 하는 것은 엄청나게 욕심이 많은 것뿐만 아니라 지나친 망상이다. 수레는 끌어야만 움직일 수 있고, 자전거도 페달을 밟아야만 목적지에 도착할 수 있듯이 내가 끌어주고 마음을 써 주어야만 상대의 마음이 나와 가까워질 수 있다. 삼라만상이 저절로 일어나는 것은 없다고 여겨진다.

비어 있는 마음에 어떤 그림을 그리느냐는 어떤 생각을 할 수 있는가의 문제인 것이다. 나는 한때 마음과 생각의 차이점을 골똘히 고민해 본 적이 있었다. '마음'과 '생각' 어찌 보면 같은 의미를 지닌 말인 것 같지만 실상 깊이 들여다보면 '마음'과 '생각'은 엄연히 다르다는 것을 알게 된다. 마음은 '공'인 것이고 생각은 '나의 의지의 힘'인 것이다. 그러므로 '마음'은 시적인 표현이고 '생각'은 현실적인 표현인 것이다. 마음보다는 생각이 더 우위에 있다는 것을 깨닫게 되었다. 생각을 어떻게 달리하는가에 따라서 마음이 일으키는 변화가 다르다는 것을 느껴보았기 때문이다.

조각가인 로댕이 왜 '생각하는 사람'을 조각했을까 아마도 인간에게 '생각'이 미치는 영향력을 간파하지는 않았을까 여겨진다.

생각이야말로 진정한 힘이다. 생각은 에너지인 것이다.

- 앤드루 메터스

여백의 미

또 다른 반려를 만나다

유일한 나의 벗

나는 양순이와 이별 후 얼마 되지 않아서 또 다른 반려를 만나게 되었다. 아버지께서 출장 중에 사냥개 품종의 강아지를 한 마리 얻어 오셨다. 귀가 쫑긋하고 몸통은 검정을 띠고 목덜미와 다리는 짙은 황색을 띤 아주 영리하게 생긴 강아지였다. 양순이처럼 강아지 이름을 지어주었는데 이름은 '개순이' 암컷 개라서 이렇게 이름 지어주었다. 사냥개 품종이라 개순이는 다리가 길쭉하게 자랐다.

어느 정도 성장을 하고 나서부터는 대문이 조금 열려있는 빈틈을 타서 길쭉한 다리로 대문을 슬며시 밀어젖히고 어디론가 달음박질을 하듯이 쏜살같이 달아나 버리기 일쑤였다. 개순이가 없어졌을 때 나는 큰 소리로 '순이야! 순아! 개순이!' 하면서 동네를 한 바퀴 돌았다. 그러다가 개순이를 찾지 못했을 때는 어김없이 우리 집 길 건너편에 아직 집이 들어서 있지 않은 논가로 달려갔다. 귀가 쫑긋한 개순이가 논둑길을 타면서 돌아다니고 있는 모습이 내 눈에 띄면 큰소리로 '순~이', '개순이' 하고 부르면 쫑긋한 귀로 내 목소리를 감지하고는 조르르 달려와서 내 앞에 앉았다. 찾아 헤매다가 만난 개순이가 그지없이 반가웠지만, 애간장을 태우게 한 죄를 물어서 주먹을 말아쥐고는 머리통을 세게 쥐어박아 주었다. 목덜미를 잡아끌고 집으로 데리고 와서는 한 차례 더 머리통을 쥐어박아 주었다.

개순이를 실상 살뜰히 돌봐준 사람은 할매였다. '욕쟁이 할매'라는 별명이 붙어있던 할매는 개순이가 털갈이를 할 때마다 털을 곱게 빗겨 주고 먹다 남은 생선 뼈다귀를 밥에다 비벼서 군침이 돌게 챙기고 굵직한 개순이 똥을 군소리 없이 말끔히 자주 치워 주셨다. 이에 반해 엄마는 개순이 털이 구석구석 몰려 날아다닌다며 늘 군소리를 일삼으며 개순이의 똥오줌 냄새가 집안에 밴다며 개순이를 마냥 싫어하였다. 엄마가 개순이를 싫어할 때마다 내 마음도 몹시 불편하였다. 개순이는 빵과 우유를 좋아했다. 자주는 아니었지만, 가끔 개순이에게 빵과 우유를 사 주었다. 나의 유일한 벗이자 하루하루의 버팀이 되어주는 개순이가 나에게는 고마운 존재 이상이었기 때문이다.

개순이가 언제 연애를 하고 돌아다녔는지 모르는 일이지만 개순이가 새끼를 배게 되었다. 하루가 다르게 불러서 처지는 배와 태어날 새끼에게 물릴 젖이 점점 커지는 모습을 보는 게 참 신기하기만 하였다. 산달이 되어 드디어 개순이가 출산을 하는 날이 다가

왔다. 할매가 산파가 되어 개순이 곁에서 한 마리 두 마리 보자기처럼 하얀 막을 둘러쓰고 비엔나소시지처럼 줄줄이 개순이의 자궁 속을 빠져나오는 새끼들을 받아내었다. 무려 일곱 마리가 태어났다. 어미가 된 개순이가 보자기를 둘러쓴 듯한 하얀 막을 혀로 핥아서 벗겨주니까 아직 눈도 뜨지 못한 새끼강아지들이 꼬물꼬물 어딘가를 더듬거리고 있었다. 그러자 할매가 새끼강아지들을 개순이의 젖가슴에 하나둘 안겨주었다. 본능적으로 새끼강아지들은 개순이의 품에서 젖을 물고 배를 채웠다. 새끼를 출산한 개순이가 힘들어 보였지만 어미로서 새끼들을 품어내는 모습은 정말 가슴이 뭉클할 정도로 대견해 보였다. 새끼강아지들의 서열을 세워보니, 제일 먼저 태어난 강아지가 제일 작은 몸집으로 태어났고 맨 마지막 태어난 강아지가 제일 몸집이 커 보였다. 그런데 어느 수컷 개와 사랑을 했는지 대체로 개순이와 비슷한 털옷을 입었는데 그중에 두 마리가 얼룩 털옷을 입고 태어났다. 얼룩 옷을 입은 새끼강아지는 자연스레 아롱이, 다롱이로 이름 불러 졌고 나머지 강아지들은 첫째 둘째 셋째… 막내 이렇게 이름 붙여 불러주었다.

　개순이의 출산으로 마당에는 강아지들이 여기저기 똥과 오줌을 질러서 엄마의 짜증 섞인 잔소리는 날로 더해만 갔다. 어느 정도의 몸집으로 강아지들이 자랐을 때 엄마는 개순이 새끼들을 모두 시장에 내다 팔아버렸다. 새끼들과 이별한 개순이의 기분을 모른다.

그러나 어미로서 지닌 본능으로 무척이나 슬펐을 것 같다. 하지만 나에게는 엄마가 개순이를 시장에 내다 팔지 않은 것만으로도 천만다행인 일이었다.

질투

발뒤꿈치가 달걀 같은 며느리

개와 고양이에게는 살갑고 따스한 손길을 내밀어 주었던 할매는 유독 몸집도 작고 연약한 엄마에게 힘든 시집살이를 시켰다. 내가 기억하는 유년의 엄마는 해가 지면 수돗가에서 헛구역질을 일삼고 늘 머릿속에 거머리가 기어 다니는 두통에 시달리며 식구들 저녁 밥상을 차려주고는 배를 움켜쥐고 방으로 들어가서 따끈한 방바닥에 배를 대고 엎드려 있기가 일쑤였다. 가슴팍에는 달걀만 한 덩어리가 오르락내리락 거린다고 했다. 일명 신경성병을 지독히 앓고 있었던 거였다.

할매가 그토록 시집살이를 시켰던 이유는 아마도 질투였던 것 같다. 할매는 마흔한 살에 청상과부가 되어 바가지를 들고 음식을 얻어서 다섯 남매를 기르고 길쌈을 해서 모은 돈으로 논과 밭뙈기를 사서 가정을 이루었다고 하였다. 할매의 인생살이와 비교하면 공무원인 남편을 두고 돈 귀한 줄도 모르고 사는 엄마가 이유 없이 밉게 보였던 것 같다. 내가 어렸을 적에는 동네에서 우리 집 돈을

54   날개의 힘은 둥지 속에 있었다

안 써 본 사람이 없을 정도로 경제적으로 풍족했다고 하였다. 아버지는 늘 술에 취해 오시는 날이면 "너희들이 공부만 잘하면 유학도 보내줄 거다"라고 하시며 "공부 열심히 해"라고 하셨다.

집안 제사가 다가오면 할매는 엄마가 챙겨 놓은 멥쌀 봉지를 들고서 곤양 제방골 고향으로 나를 자주 데리고 다녔다. 제방골은 사방이 산으로 빙 둘러싸인 골 깊은 곳으로 친족들이 집성촌을 이루고 있는 마을이었다. 이곳에서 할매와 나는 여러 날을 큰아버지 집에서 지냈다. 그러다가 집으로 돌아오기 며칠 전에는 모개골 작은고모 집으로 내려와서 또 며칠을 지냈다. 사립문으로 담장이 둘러쳐진 작은고모 집은 언제 들러도 정겨웠다. 고모 집 마당에 들어서면 내가 제일 먼저 하는 짓은 흙마당에서 닭들이 모이를 쪼아 먹고 있는 동안 닭장 쪽으로 조르르 달려가서 닭장 둥지 속에 달걀이 있는지 없는지 살펴보는 거였다. 그리고 닭들이 낳은 달걀이 눈에 띄면 슬쩍 한 개를 집어 들어서 송곳니에 톡톡 깨뜨려서 쪼옥 빨아먹었다. 마지막 노란 자가 입안에 고소하게 퍼지는 맛은 잊을 수가 없다. 닭장 속 달걀을 집어 드는 모습을 본 고모는 모아놓은 달걀을 곤로 위에 한 바구니 삶아서 마루에 놓아주었다. 고종사촌들과 달걀을 까서 배부르게 먹고 나면 달걀 껍데기가 마루에 수북하게 쌓였다. 고모는 그것도 모자라서 개울가 건너편에 있는 감나무밭으로 바구니를 들고 가서 굵고 큰 단감을 손으로 후두둑 후두둑 따서 맛있게 먹으라고 내밀어 주었다.

　이윽고 밤이 되면 벽지가 불룩하게 튀어나온 황토 냄새가 물씬 나는 작은방에서 할매와 나는 곤히 단잠을 이루었다. 뒷날 아침 시끄럽게 회를 치는 닭 울음소리에 새벽같이 눈을 뜨면 고숙이 "희야 하고 창용이 하고 뒷산에 가서 밤 좀 주워라"라고 하시면 고종사촌 남동생과 집 뒷산으로 올라가서 이슬에 흠뻑 젖은 떨어진 밤을 조막손으로 주어서 포대 자루에 담아 놓고 내려왔다. 그리고 아침밥을 먹기 위해 개울가로 가서 조약돌이 훤히 내비치는 개울물에 세수를 하고 오면 고모가 전날 잡은 꿩으로 시원한 국을 끓여서 맛있는 아침 밥상을 차려주었다. 고모 집에서 머무는 날이면 고모는 조카인 나에게 마음을 다해 주었다. 어느 날 재 너머 곤양 장에 간 고모가 저만치서 큰 나뭇가지를 끌고 집으로 걸어오는 모습을 사립문 옆에서 보게 되었다. '저게 뭘까' 하고 기다리고 서 있는데 고모가 그 큰 나뭇가지를 흙 마당에 끌어놓으면서 "자! 따 먹어라" 했는데 열매가 빨갛게 익은 뽈똥나무였다.

　고종사촌들과 마당 가에서 뽈똥나무가지를 요리조리 뒤적이며 맛있게 뽈똥을 따 먹고 놀았던 그 옛날 고모 집 풍경이 지금도 눈앞에 아른거린다.

소나무

너와의 추억을 더듬어 오솔길을 걸었지

늘 마음속에 자리한 너의 모습을 생각하며

너의 생사가 궁금했었지

너를 얼마나 보고싶어 했는지 넌, 모르지

너의 키가 작았을 때였지

할매랑 제방골에 제사를 지내러 가는 길이었지

무거운 짐을 이고 멥쌀까지 손에 든 할매를 도우려고

떼를 써서 멥쌀봉지를 빼앗아 머리에 이고 가다가

그만 돌부리에 채여서 너의 집 앞에서 꼬부라졌지

너의 흙마당에까지 쌀알들이 눈처럼 뿌려졌지

얼마나 네가 웃고 있는지도 모르고

가슴 콩닥거리며 조막손으로 쌀알들을 주웠지

할매의 억양 센 노래 한 소절 듣고 일어서니

네가 빤히 쳐다보고 있었지

얄밉게도 너는 비아냥거리며 찔러댔지

세월이 흐르고 할매도 추억 속에 묻혔지

어느 날 제방골에 볼일이 있어 가는 길목에
네 안부가 궁금해 너의 집을 찾아보았지
네가 집 앞에서 먼 산을 바라보고 서 있는데
얼마나 반가웠는지 옹달샘이 가슴에서 생겨났지
그때 난 너의 이름도 모르고 지나쳤는데
할매 이름은 소남수인데, 너 이름은 뭐였지?

주름이 없었던 시절

엄마, 저 꽃 이름이 뭐꼬!

나의 유년은 주름이 없었던 시절이었다. 유년에 살았던 우리 집은 우물가 옆이었는데 해 질 무렵이면 동네 아낙네들이 저녁 찬거리 준비와 저녁밥을 짓기 위해 두레박으로 우물을 떠서 풋나물과 보리쌀을 쓱쓱 싹싹거리며 사발 깨지는 웃음소리와 이야기로 우물가를 에워싸고 있었다. 우리 집 정경은 아직도 그리움에 젖어들게 한다.

비가 내리는 날 대청마루에 걸터앉아서 가락국수처럼 쭉쭉 내리는 빗방울과 마주하면 슬레이트 지붕에 덧댄 빛바랜 연둣빛 플라스틱 처마 위로 토닥거리는 경쾌한 리듬의 빗소리는 머리 위로 동심의 반주곡을 들려주었다. 골패인 처마 간격으로 떨어진 낙숫물은 흙마당에 동전만큼 작은 크기의 동글동글한 웅덩이를 만들어 놓았다. 그리고 대청마루 밑에는 한겨울 아궁이 땔감으로 쓰일 투박한 장작더미가 한가득 마른 군불을 지피고 있었다.

우물가로 나가는 쪽문 옆에는 돼지우리가 있었다. 돼지를 키우게 된 것은 동생과 내가 돼지저금통에 채워 넣어 놓은 돈을 우리 할매가 그 돈을 불려주려고 키웠다고 엄마에게서 들었다. 어느 날 밤 돼지 새끼들을 큰 대바구니에 담아서 노란 전등불이 켜진 대청마루에서 데리고 놀았던 기억이 가끔 떠올라 세월이 한참 지나서 엄마에게 물어봤더니, 어미가 부정을 타서 새끼들을 모두 잡아먹으려고 해서 떼어 놓았다는 거였다.

그리고 돼지우리 옆 기둥에는 늘 대빗자루가 한두 자루 매어져 있었는데 동생과 내가 싸움질을 하는 날이면 회초리가 되었다. 엄마는 동생과 싸움질을 하는 날이면 퇴근을 해서 돌아온 아버지께 소상히 고자질을 곧잘 했다. 그러는 날이면 어김없이 동생과 나는 아버지 앞으로 불려가게 되었고 나란히 무릎을 꿇고 아버지 앞에 앉으면 아버지는 "저기 가서 회초리 하나씩 만들어 오너라!" 하셨다. 그러면 동생과 나는 숨을 죽이며 컴컴한 돼지우리 옆으로 걸어가서 기둥에 세워둔 대빗자루 속을 이리저리 뒤적이며 제일 가늘고 작은 대를 안간힘을 써서 회초리를 하나씩 만들어 아버지 앞으로 가져갔다. 아버지의 동정심을 사기 위해서 동생과 나는 최대한 어깨를 웅크린 자세로 다시 아버지 앞으로 다가가서 무릎을 꿇고 울상을 지으며 앉았다. 아버지가 회초리를 집어 들 때면 가슴이 콩닥콩닥거렸다. 깊고 큰 숨을 내쉰 아버지가 회초리를 손에 들고서 "다시 한 번 더 싸움질하는 소리를 들으면 그때는 이 회초리로 장딴지에 피가 나게 때려 줄 테니까 앞으로 서로 사이좋게 잘 지내야 한다. 알았째!"라고 겁을 주시곤 하였다.

아버지는 동생과 나를 무척이나 사랑해 주셨다. 술에 취해 오시는 날이면 동생과 나를 무르팍에 앉혀놓고 고슴도치처럼 까칠까칠한 턱수염으로 둘의 얼굴을 비비시고는 하셨다.

유년에 살던 집에서 내가 가장 무서워하는 곳이 있었는데 그건 바로 통시였다. '통시' 지금의 변소였는데 나는 그 통시에 가서 오줌 똥을 누려고 널빤지 위에 앉으면 늘 불안해서 다리가 후들거렸다. 널빤지 아래를 조그맣게 뜬 눈으로 내려다보면 푸르스름한 똥이 그득하게 찰랑거리고 있었는데 자칫하다가 널빤지가 내려앉을까 봐서 늘 마음이 조마조마했다. 긴장된 마음을 달래려고 통시에 가서 널빤지 위에 앉으면 습관처럼 흰 나비 고무신에 붙어있는 나비를 손가락으로 만지작거렸다. 흰 나비가 날아간 고무신이 되면 엄마는 새 고무신을 사 주었다.

통시 옆에 자리한 헛간에는 왕겨가 수북하게 쌓여 있었고 그 앞에는 오줌동이가 항상 놓여있었는데 어렸을 적 엄마는 그 오줌동이 앞에서 반 서다시피 쪼그리고 앉아서 오줌을 누곤 하였다. 오줌동이에 오줌이 어느 정도 받히면 엄마는 수건으로 똬리를 만들어서 머리에 얹고 찰랑찰랑한 오줌동이를 이고 밭으로 갔다. 그럴 때면 나는 엄마 소맷자락을 붙잡고 밭을 자주 따라다녔다. 밭으로 가는 길에는 잔자갈들이 깔려 있어서 흰 나비 고무신 밑창을 간지럽혔다. 그리고 길옆에는 가시 돋친 꽃나무가 붉게 서 있었는데 그 꽃이 너무 예뻐서 "엄마, 저 꽃 이름이 뭐꼬?"라고 물어보았더니 '처녀꽃'이라고 일러주었다. 밭둑가에 다다르면 아래 밭에서 먼저 와서 괭이질을 하며 밭일을 하시던 꼽추 아저씨가 반갑게 인사를 건네고 하였다.

엄마는 머리에 이고 온 오줌동이를 두 팔로 힘겹게 버티며 무릎 위에 내려놓은 다음 밭둑가에 조심히 내려놓았다. 그런 연후에 엄마는 밭 여기저기를 이리저리 살펴본 후 먼저 호미로 밭고랑에 난 잡풀을 메고 흙을 긁어서 북을 치고 나서 '휴' 하고 숨 고르기를 했다. 그런 다음 허기를 달래려고 가지 나무에서 가지 한 개를 따서 먹었다. 그러면 나도 엄마 따라 보랏빛이 감도는 작고 여린 보드라운 가지를 힘겹게 꺾어서 먹고 했다. 보랏빛 사랑이 엄마의 가슴에서 내게로 물드는 연서가 되었다.

엄마가 연신 밭일을 하는 동안 나는 둥글둥글한 봉우리가 다수 지어져 있는 밭 옆 무덤가에서 삐삐를 뽑고 메뚜기를 잡으며 하얗게 쏟아져 내리는 햇살을 머리에 이고 무덤가를 오르내리며 엄마가 밭일을 다 마칠 때까지 놀았다. 한참을 신나게 놀다가 지치면 노곤함이 몸속으로 녹아들어 나도 모르게 무덤가에 등을 기댄 채 잠이 들어 버렸다. "어서 일어나라, 집에 가자!"라고 꿈결처럼 들리는 엄마 목소리에 눈꺼풀을 밀어 올리고 잠이 덜 깬 채로 무덤가에서 내려오면 어느새 하늘이 붉게 물들어 있었다. 엄마는 저녁 준비를 위해서 바삐 서두르며 푸성귀를 빈 오줌동이에 주섬주섬 주워 담으며 어서 집으로 가자고 나를 재촉했다.

잰걸음으로 집으로 돌아오는 길에 저편 하늘을 되돌아보면 엄마의 품속처럼 따뜻한 저녁노을이 포근히 물들어 가고 있었다.

서열

캉캉 춤을 추며 봄은 피어나기 시작했었다

우리 집 장독대 앞에는 오래된 석류나무가 한 그루 서 있었다. 이 석류나무와 함께 유년의 봄은 캉캉 춤을 추며 피어나기 시작했다. 연초록 잎새가 쌀알처럼 돋아나서 어느새 무성한 초록의 숲을 이루는 봄이 되면 석류꽃이 겹겹이 피어났다. 석류나무 옆에는 맷돌이 하나 놓여있었는데 엄마가 손두부를 만들 때 외에는 동생과 내가 떨어진 석류꽃으로 소꿉장난할 때 만 돌아갔다. 석류꽃을 주워 연필 칼로 곱게 썰어서 돌 조반 위에 차려서 맷돌 위에 얹어 놓으면 "햇볕은 쨍쨍 모래알은 반짝~"하며 해가 지는 줄도 모르게 쉼 없이 노래를 부르며 돌아갔다.

군것질거리가 귀했던 시절만큼 석류는 유년의 추억거리로 단연 으뜸이었다. 다이아몬드처럼 투명한 석류 알을 떼어서 입안에 넣고 깨물면 새콤달콤한 맛이 입안 가득 고였다. 비가 오거나 바람이 부는 날에는 석류가 여지없이 땅에 떨어져 내렸다. 그 떨어진 석류를 주워서 먹다가 큰오빠에게 들킬 때면 큰오빠는 다짜고짜로 동생과 나를 불러세워 놓고 무섭게 야단을 쳤다. 떨어진 석류를 주워 먹었다고 해도 큰오빠는 곧이듣질 않았다. 그날 이후 큰오빠는 석류나무 열매에 굵은 숫자로 번호를 새겨 놓았다. 그리고 떨어진 석류를 주우면 큰오빠에게 번호를 보여주고 먹으라고 일침을 놓았다. 나이가 한참 많은 큰오빠는 되게 무서웠다.

반쯤 썩은 석류가 자연스레 땅에 떨어지면 약속대로 큰오빠에게 주운 석류를 들고 가서 "오빠, 이거 먹어도 돼?"라고 물어보면 큰오빠는 "이거 몇 번이고" 하면서 석류에 새겨 놓은 번호를 확인하고 난 후 "그래, 먹어라" 하면서 짓궂은 표정을 지었다. 가을이 되면 다이아몬드 보석이 한가득 채워진 채 턱 벌어져 익은 석류를 한 광주리 따는 날이면 할매는 마루 위 선반 위에 얹어 두고 시나브로 간식으로 내어 먹었다.

풍요로움이 만연한 지금 시대에 들으면 코미디처럼 들릴지 모르겠지만, 그때 그 시절에는 그랬다.

석류뿐만 아니라 봄이 되어 감나무에 감꽃이 피어나기 시작하면 동네 아이들이 떨어진 감꽃을 주워 무명실에 구슬처럼 꿰어서 팔찌 목걸이를 만들어서 시시때때로 군것질거리로 떼어먹고 놀았다. 그리고 감꽃이 지고 감이 자라면 떨어진 풋감을 주워 장독간에 있

는 빈 항아리에 소금물을 풀어서 거기에 풋감을 담가 놓고 떫은 풋
감이 익었는지 수시로 장독간을 드나들며 이로 베어 물어보았던
그 떫은맛은 입안을 퉁퉁 불어 터지게 했다.

가끔 달이 뜬 저녁에 나는 돼지우리 옆 쪽문을 열고 우물가로
나가보았다. 둥그렇게 서 있는 우물 안을 까치발을 세워 들여다보면
우물 속에 달이 두둥실 떠 있는 정취는 신기하기만 하였다.

그 시절에는 거지가 이집 저집 돌아다니며 동냥질을 하며 살아가
고 있었는데 우물가 한쪽 모퉁이에도 볏단을 쌓아 놓은 양지바른
쪽에 짧은 머리에 얼굴이 둥글고 예쁜 젊은 여자 거지가 살고 있었
다. 우리 집에 아침밥을 다 먹고 나면 어김없이 쪽문을 열고 동냥
을 구하였는데 엄마는 기탄없이 한 그릇 실컷 담아내어 주었다.

우물 속에는 말 못 할 사연들이 많이 내려앉아 있었다. 일 년에
한 번씩은 동네에서 우물 안을 치우는 작업을 하였다. 이른 아침부
터 시끌벅적한 요란스러운 소리가 나서 쪽문을 열어보면 우물 주위
에 커다란 삼각 도르래가 설치되어 있었고 큰 양철 두레박이 걸쳐
있었다. 몸집이 가벼운 아저씨가 그 양철 두레박을 타고 우물 속으
로 가볍게 내려가서 우물 바닥에 쌓인 찌꺼기를 말끔히 청소하며
오르내렸는데 온갖 잡동사니가 양철 두레박에 담겨 올라왔다. 그때
나는 '우물 속에 왜 금반지는 던지지 않았지'하는 엉뚱한 생각을 해

보았다.

그리고 우물가 옆에는 기와지붕이 나란히 어깨를 겹치고 있는 기와집이 있었는데 바로 물앵두나무가 동심을 흔들었던 수철이 오빠네였다. 비바람이 부는 날이면 빠알간 물앵두가 사정없이 떨어져 내렸다. 땅바닥에 떨어져 내린 물앵두를 주워 먹기 위해서 동네 아이들이 수철이 오빠네 대문 앞을 기웃거리며 고양이 눈으로 안마당을 훔쳐보고 했다.

동네 아이들이 군침을 삼키며 수철이 오빠 어머니의 눈을 피해 이제나저제나 호시탐탐 물앵두를 주워 먹을 생각으로 가득 차 있었다. 어느 날 개구쟁이 동네 아이 두세 명이 날을 잡아서 빠끔히 열린 나무 대문 안을 훑어보고는 삽시간에 도둑고양이가 되어 날쌔게 땅바닥에 떨어진 물앵두를 손 안 가득 주워서 도망쳐 나왔다. 골목길에 서 있었던 동네 아이들이 서로 때 묻은 손바닥을 내밀며 '내도 좀 줘', '내도 좀 줘' 하면서 군침을 삼키고 했다.

감빛에 물들다

날개의 힘은 둥지 속에 있었다

동네 한 바퀴를 돌다

갈색 어둠이 깔리면 그림자가 하나둘씩 늘어났었다

우물가 주위에는 유년의 추억거리가 늘 출렁이고 있었다. 숨바꼭질 놀이를 할 때면 술래에게 잡히지 않으려고 여우 같은 술래의 눈을 피해서 둥근 우물 벽을 잡고 낮게 쪼그리듯이 앉아서 빙빙 돌아가면서 숨었다. 심지어는 우물가 옆에 살고 있던 재철이네 정지와 부엌방에 숨어드는 것은 다반사였다.

골목길에 갈색 어둠이 깔리면 그림자가 하나둘씩 늘어났다. 술래가 쉽게 찾을 수 없는 막다른 골목길에 혼자 숨어있으면 무서운 생각이 언 듯 언 듯 스치며 두려웠다. 흙 담벼락에 머리를 기대어서서 멀찌감치 보이는 술래를 지켜보며 손가락으로 담벼락 흙을 부스러뜨리며 숨죽여 꼭꼭 숨어있었다. 동사무소 앞에 서 있던 전봇대의 긴 그림자가 기다랗게 늘어져 내릴 때까지 해가 저무는 줄도 모르고 온 동네가 어둑해질 때까지 몸에 땀을 흠뻑 적셔가며 히히거리며 뛰어놀았다.

우물가 주위로 옹기종기 여러 채의 이웃이 모여 살고 있었는데, 우리 집 옆에는 대문이 없는 재철이네가 살고 있었다. 어느 날 학교에서 돌아온 재철이가 배가 고팠는지 허겁지겁 집으로 들어가서 마루에 걸터앉자마자 기둥에 걸어 놓은 보리쌀 바구니를 끄집어 내려서 밥숟갈에 김치를 얹어 볼이 볼록한 모습으로 보리밥을 퍼먹던 모습이 가끔 눈에 선하다. 재철이네 집 안쪽으로는 얼굴이 예뻤던 옥순이 언니네가 살고 있었는데 언니네 집 마당 앞에 심겨 있던 봉숭아는 지금도 눈동자 속에서 피어나고 있다. 그리고 우리 집 나무 대문을 열면 성순이네가 살고 있었고 성순이네 옆집에는 연이네 집 구멍가게가 있었다. 비슷한 또래 아이들이 사이좋게 잘 지낼 수 있을 만큼 허물없는 이웃사촌으로 오순도순 살았다.

구멍가게에 들어가서 풍선 뽑기를 할 때면 구멍가게 아저씨를 부르기도 전에 내가 뽑고 싶은 풍선 번호를 미리 뽑기 판 뒷면을 슬쩍 눈치껏 확인을 해 두었다. 그리고 구멍가게 아저씨가 방에서 나오면 동전을 주고 여유 있게 뽑기 판 둥근 색지를 떼어 구멍가게 아저씨께 시치미를 뚝 떼고 내밀면 아저씨는 번호가 일치하는 풍선을 뽑기 판에서 쏙 뽑아 주셨다. 뒷머리가 잡아당기는 듯한 양심을 뒤로 한 채 잽싸게 턱 높은 구멍가게 문턱을 넘어나오면 다리에 힘이 다소 풀렸다. 깊게 숨을 들이쉬고 난 다음 볼이 빵빵하게 터질 듯이 풍선에 바람을 불어 넣고 나면 머리가 핑 돌 만큼 어지러웠다. 하지만 양 손가락으로 말랑말랑한 풍선을 만지작거리면 왠지 기분이 탱탱해졌다. 그리고 손바닥에 풍선을 올려놓고 풍선을 머리 위로 통통 치받아 올리면 동심이 나래를 펴고 날아올랐다.

나는 유년에 '할매딸'이라고 불릴 정도로 할매 치마폭에 싸여서 자랐다. 저녁밥을 먹고 나면 할매는 막다른 골목 끝에 위치한 최샌 할매 집에 저녁 마실을 자주 갔다. 그럴 때마다 나는 할매 꽁무니를 졸졸 따라다녔다. 최샌 할매 집에는 여러 명의 할매 친구들이 저녁마다 모여서 밤이 늦도록 화투를 치며 지냈다. 화투판이 언제 끝날지 모를 정도로 밤이 이슥해지면 나도 모르게 연신 하품이 쏟아져 내려 눈이 스르르 감겼다. 나는 할매 치마를 잡아당겨서 덮고 잠이 들곤 하였다. 들릴 듯 말 듯 할매가 내 어깨를 흔들어 깨우며 "집에 가자"라고 하면 나는 폭삭한 할매 등에 업혀서 가고 싶은 속마음에 못 들은 척 깊이 잠이 든 것처럼 심술보를 부렸다. 그러면 할매가 '이년 때문에 내가 못 살겠다'라고 푸념을 늘어놓으며 마지못해서 나를 일으켜 업고서 집으로 걸어오곤 하였다. 할매 등에 업혀서 슬며시 곁눈질해 보면 골목길에 어둠이 짙게 내려앉아 아무것도 보이지 않을 정도로 깜깜했다. 희미한 가로등 불빛이 우리 집 굴뚝을 비추는 곳에 다다르면 심술보를 부렸던 단잠에서 깨어났다.

맵디매운 양심

마음에서 나오는 소리

세상이 아무리 법의 저울로 사람들의 잘잘못을 저울질할 수 있을지라도 자신의 '양심' 앞에서는 법의 저울도 무용지물이 될 수밖에 없다. 유년 시절을 떠올리면 지금도 마음의 소리인 '양심'이 가슴에서 들썩거릴 때가 있다.

해 질 무렵 저녁 찬거리 준비를 위해서 엄마가 동생과 나에게 심부름을 시켰다.

"저기 관사 뒤에 있는 우리 밭에 가서 고추 몇 개만 따 오너라."

엄마가 내어준 작은 소쿠리를 들고 동생과 나는 집을 나섰다. 집을 나오니, 동네 아이들이 그때까지 해가 지는 줄도 모르고 신나게 놀고 있었다. 그들 중에서 중학교에 다니는 언니에게 "언니, 우리 밭에 고추 따러 가는데 같이 안 갈래" 하면서 꼬셔 보았더니, 그 언니가 두말 도 없이 우리를 따라나서는 거였다.

숲이 우거진 산성을 지나서 향교 가는 쪽에 있는 우리 집 밭은

수도 관사가 있는 주변이었다. 길이 좁게 나 있는 붉은 황톳길을 걸으며 발이 실족 되어 언덕에서 굴러떨어질까 봐 조심조심해서 밭으로 걸어갔다. 이윽고 밭에 다다라 황토가 주르르 주르르 흘러내리는 밭 언덕배기를 억세게 자란 풀을 손에 움켜쥐고 겨우 밭둑에 올라가 보면 저편 하늘이 유난히 밝게 빛나고 있었다.

엄마는 황토밭에 고구마와 땅콩을 심어서 우리 간식거리로 자주 삶아주고 하였다. 삶은 땅콩을 이로 탁 까서 먹으면 달짝지근한 물이 입안에 고이고 구수한 맛이 스며들어 배가 부르도록 땅콩을 까서 먹었다.

밭둑에 올라와서 엄마가 심부름을 시킨 고추를 몇 개 따서 소쿠리에 담고 있는데 그 중학생 언니가 순간, "에이, 너희 집 고추는 작아서 못쓰겠다. 고마 저 아래 밭에 있는 고추가 크고 좋아 보이니까 아래 밭 고추 몇 개만 따가자, 응?" 이러는 거였다.

동생과 나는 그 언니 말에 아무런 생각 없이 아래 밭 고추밭으로 내려갔다. 황토가 흘러내리는 밭 기슭을 겨우 내려와 아래 밭에 숨어들 듯이 들어가 보았더니, 붉고 푸른 고추가 어찌나 탐스럽게 열려있던지 어린 눈에도 어서 따고 싶은 욕심이 가슴에 일렁거렸다. 풋풋한 고추처럼 눈가에 웃음을 지으며 예쁜 빛깔의 고추를 손으로 신나게 후두둑 후두둑 따서 소쿠리에 담고 있는데, 별안간 어딘가에서 "이년들 남의 고추밭에서 뭐하는기고!" 하는 벼락 내려치는 소리가 들렸다. 순간 어찌나 놀랐던지 다리에 힘이 풀리고 가슴이 두근거렸다. 우리 셋은 그 순간 들키지 않으려고 잽싸게 고추밭이랑 사이에 납작 엎드려 숨었다. 그러고 있는 사이 밭두둑 가에서 우리를 내려다보듯이 밭 주인아주머니가 더욱 화가 난 말투로 고래고래 고함을 지르는 거였다.

"이년들 다 보인다. 어서 고추밭에서 안 나올래!"

하는 수 없이 우리 셋은 도둑이 되어버린 기죽은 모습으로 고추밭 주인아주머니 앞에 불려 서게 되었다. 어깨를 움츠리고 고개도 채 못 들고 서 있는 우리에게 그 고추밭 아주머니는 눈을 부라리며 꾸지람을 되게 하셨다. "이년들, 누구누구 집 가시나들이네!" 하면서 가만 안 놔두겠다는 표정이 역력했다.

가슴을 조이며 터벅터벅 집으로 돌아오는 길에 저편 하늘을 바라보니 울먹이는 우리 눈처럼 붉게 물들어 가고 있었다. 예상치 못한 상황에 졸지에 도둑이 되어버린 채 집으로 돌아오니, 영문도 모르는 엄마가 "와이리 늦었노?" 하며 소쿠리를 건네받는데 우리는 아무런 말도 하지 않은 채 시무룩한 표정으로 방으로 들어가 버렸다.

저녁밥을 어떻게 먹고 잤는지 기억도 안 나지만 아침이 되었다. 우리 할매가 동네에 자리한 콩나물 재배하는 집에 아침밥을 먹고 나면 매일같이 파지 콩을 가리러 그 집에 다니셨는데, 어쩐 일인지 그날따라 할매가 점심때도 안 돼서 대문을 날쌔게 열고 마당 안으로 들어서면서, 집안일을 하는 엄마에게 말했다.

"우리 집 가수나 년들이 어제 저 아래 동네 우물가 옆에 사는 흰머리 할매네 고추밭에 들어가서 고추를 다 훑었다는데, 애미 니는 저년들을 고마 내 버려 둘끼가?"

두 눈을 감듯이 고래고래 내지르는 고함에 또 한 번 가슴이 철렁 내려앉으며 다리에 힘이 풀렸다. 마당에서 흙장난을 치며 놀고 있던 우리를 본 엄마가 순식간에 마당 옆에 세워둔 싸리 빗자루를 들고서 얼마나 후려치는지 눈물이 핑핑 돌았다. 꼼짝없이 매를 맞으며 엉엉 울면서 "다시는 그러지 않겠다"고 하면서 두 손으로 싹싹 빌었다. 그랬더니 엄마가 측은한 얼굴로 "두 번 다시는 남의 물건에 손대지 마라. 알았째" 하며 타일러 주었다.

그 후 우리는 엄마에게 미안하고 부끄러워서 한동안 엄마의 화가 가라앉을 때까지 장작더미가 헐거워진 대청마루 밑에 숨어들어서 신문지를 깔고 누워있었다.

집안일을 하는 분주한 엄마 모습을 마루 밑에서 간간이 지켜보았다. 어두컴컴하고 습한 마루 밑에서 서식하고 있는 쥐벼룩이 몸 여기저기를 물어뜯고 가려워서 견디기가 힘들었다. 몸을 긁적거리며 배고픔도 잊은 채 엄마의 동정을 살피고 있는데, 흙마당으로 그림자가 스며드는 시간이었던 것 같다. 엄마가 혼잣말로 "이 년들이 하루종일 어디 가서 보이질 않노" 하는 소리가 들렸다. 그 소리에 미안함을 뒤로한 채 은근슬쩍 마루 밑에서 하나둘씩 기어 나오니까 엄마가 우리를 보며 웃지도 못하고 "배 안 고푸나 어서 밥무라" 하는 거였다.

지금 돌이켜보면 그때의 강렬했던 추억이 머릿속에 각인되어 그 이후에는 엄마의 말대로 절대로 남의 물건에는 십 원짜리 하나라도 손대지 않는 양심이 바로 서게 되었다.

부메랑

초저녁
부메랑이 하나 서쪽 하늘에 걸려있다
죄짓지 말고 선하게 살으라고

유년에 날린 부메랑은
늘 가슴으로 돌아와서 나이를 잊게 한다

해질녘 어린 동생을 데리고 남의 집 고추밭에 숨어든 적이 있다 붉은 노을이 고추를 붉게 물들였다 밭고랑을 타면서 신나게 고추를 훔치듯이 따다가 그만 고추밭 주인에게 들켰다 맵디매운 소리가 고추밭을 뒤흔들었다 뒷날 아침 콩나물 집에 콩나물 콩을 가리러 간 할매가 일찌감치 대문에 들어서면서 "이년들!" 하는 소리에 내 얼굴은 홍고추가 되었고, 엄마는 빗자루몽둥이를 후려치면서 혼쭐을 내었다 그날 하루 동생과 나는 마루 밑에서 쥐벼룩이랑 숨죽여 놀았다

그 이후로,

내 마음속에 부메랑 하나 걸려있고

이리저리 휘저어 다니면서

때때로 내 가슴을 후벼판다

날다람쥐

입술이 초승달이 되어 웃는다

내가 어렸을 때를 생각하며 요즘 시대의 아이들을 바라보면 왠지 측은한 마음이 든다. 그때는 사방이 시적 사유에 빠져들 만큼 보이는 정경들이 소담스럽고 정겨운 풍경들이었다. 노천명 시인의 「이름 없는 여인이 되어」에 나오는 시구처럼 짚으로 엮어 올린 초가지붕과 그 지붕 위에 둥그런 달처럼 떠 있던 누런 호박과 하얀 박덩이를 드문드문 볼 수 있었다. 흙담 가에는 맨드라미 봉숭아꽃 채송화가 철철이 피어나고 슬레이트 지붕 끝에서 떨어지는 낙숫물은 일정하게 골 파인 슬레이트 폭만큼 비가 내리는 날에 흙마당에 동글동글한 문양을 그려놓고 했다. 하지만 문명이 발달하면서 편리성만 추구하다 보니 흙길은 아스팔트와 콘크리트 포장으로 뒤덮어 버렸고 초가지붕과 슬레이트 지붕은 아파트라는 거대한 돌덩이로 치솟아 '층간소음'이라는 문제에 직면해서 이웃사촌이라는 말은 옛말이 되어버린 지 오래다.

되돌아보면 '학교폭력'이라는 말도 낯설게 다가온다. 코에 걸면 코걸이 귀에 걸면 귀걸이인 세상에 무언들 걸면 걸리지 않을 게 없는 세상 아닌가.

고등학교 시절에 초·중·고를 같이 다니게 된 친구가 어느 날 아침 등굣길에 버스에서 내려 교문에 들어서서 나란히 걸어가는데 느닷없이 "초등학교 시절에 희야 너 때문에 나 혼자서 많이 울었다" 하면서 생각지도 못한 얘기를 꺼냈다. '툭' 내뱉은 그 친구의 말을 듣자마자 난 순간 당황스러웠다. 공부도 나보다 잘하고 예뻤던 그 친구가 그런 말을 할 아무런 이유가 없는데 왜 그럴까 해서 "왜!"라고 물었더니, '초등학교 시절 아침 놀이에 내가 그렇게 자기를 끼게 해주지 않았다'는 거였다. 까마귀 고기를 먹은 것처럼 난 아무런 기억을 떠올릴 수는 없었지만 뒤늦게나마 그 친구에게 미안한 마음이 들어 머쓱해져 버렸다.

초등학교 시절에 난 담임선생님의 자습서 교본을 가지고 칠판에 친구들이 아침에 등교해서 자습할 수 있는 문제를 칠판에 적어놓고 하교를 하였다. 개구쟁이 기질이 다분했던 나는 전날 자습서 교본을 선생님께 돌려준 뒤 교실 뒤편으로 돌아가면 칠판이 빤히 잘 보이는 창가에 올라가서 내가 적어놓은 아침 자습을 삽시간에 후딱 적어서 내려왔다. 그리고 뒷날 아침 등교를 해서 다른 친구들보다 빨리 교실 밖으로 뛰쳐나와 고무줄놀이와 돌집게 놀이에 정신없이 뛰어놀았다. 친구 중에 유독 공부를 잘했던 친구가 날쌔게 폴짝 폴짝 가볍게 고무줄놀이를 나보다 잘했는데, 이 친구와 한 조가 된 날에는 시간 가는 줄 모르고 아침을 온통 가지고 뛰어놀았다. 그리고 큰 고목 나무 주위에 모아놓은 작은 돌들을 주워서 돌집게 놀이도 아침 놀이로 꽤 재미있었다.

철이 없었던 유년에는 신나게 뛰어놀고 재밌게 지내는 시간이 더없이 행복한 시간이어서 거침이 없었던 것 같다.

등교하지 않는 주말이 되면 부뚜막에서 밀가루 반죽에 소다를 약간 넣어서 도넛을 만들었다. 그리고 흰 설탕 가루를 잔뜩 뿌린 도넛을 통에 한가득 담아서 동네 아이들과 솔바람이 솔솔 부는 향교 뒷산에 올라 돗자리를 펴놓고 유유히 바람결에 떠가는 새하얀 뭉게구름을 바라보며 콧노래를 부르며 즐겼다. 잡풀 위에 깐 돗자리 밑이 울퉁불퉁하여 등허리가 불편한 탓에 다시 돗자리 깔 곳을 둘러보고 있는데 풀숲에 이상한 뭔가가 눈에 띄어 슬그머니 나무 막대기로 건드려 보았더니, 백사가 벗어놓은 허물을 보고 기겁할뻔했다. 어찌나 무서웠던지 오금이 저려서 발을 떼지 못했다. 그러다가 장난기가 발동되어 나무 막대기에 백사 허물을 걸쳐서 친구들 얼굴에 들이대는 짓궂은 장난도 하면서 낄낄거리며 하루해를 보냈다.

유년의 그때를 생각하면 지금도 입술이 초승달이 되어 웃는다.

맨드라미 꽃의 하루

산영山影

지인과 함께 진양호 호수가 한눈에 바라보이는 카페에 들렀다. 창문 너머로 보이는 푸른 호수 위로 산 그림자가 옛 추억 그대로 비치는데 순간 울컥한 기분에 사로잡혀 눈가에 눈물이 촉촉이 젖었다.

나이가 드는 것이 세월의 유속에 빨려들어 가는 것뿐 마음은 늘 그 자리 그 순간에 머물고 있음을 느끼게 되는 나이가 되었다.

갈매기처럼 날듯이 노를 저어 호수 위를 가로젓는 한 쌍의 연인이 아름답게 비쳐드는 오후였다.

진양호는 치매든 엄마가 그토록 가고 싶어 하는 곳이다. 저 멀리 떠 있는 섬 모퉁이를 돌아서면 외갓집이 있는 곳이기도 하다. 호수가 되기 전에는 비옥한 토지가 조성되어 있던 살기 좋은 곳이었다고 엄마는 간간이 이야기로 들려주었다. 어렸을 적에 엄마와 함께 통통배를 타고 외갓집에 가끔 가던 때가 있었다.

배가 닿기 전에 큰외숙모께서 미리 뱃전에 나와서 시누이와 조카인 동생과 나를 반겨주셨다. 외갓집에 며칠 머무는 동안 외할머니는 외손녀인 우리를 살뜰히 챙겨주셨다. 기억에 남는 장면으로는 외할머니가 삶은 옥수수를 한대야 담아내 오셔서 마루 위에 내려놓으며 제일 크고 맛있는 옥수수를 외손녀인 우리 손에 잡혀 주었던 기억은 오래도록 남아 있다.

외갓집 동네에서 조금 내려오면 드넓은 바다가 한눈에 펼쳐져 있었는데 바닷가 근처의 강변에서 엄마가 수영하는 모습을 난생처음 바라보면서 신기해하였다. 두 손으로 물을 훔쳐내듯이 재빠르게 걷어내고 뒤 발은 첨벙첨벙 물장구를 계속 쳤었다. 강변에 앉아서 신기해하는 우리를 본 엄마가 손을 내밀어 동생과 나를 등에 태우고 헤엄을 쳐 주었다.

엄마의 기억 속에 남아 있는 유년은 치매가 깊어지면서 더욱 또렷이 떠올라 해가 지면 주섬주섬 보따리를 챙겨서 유년의 집으로 돌아가려고 한다.

치매 든 엄마를 보면서 탈무드에 '그 아이가 자라서 노인이 되었다'라는 말이 새삼 깊게 실감 된다. 치매로 말미암아 혼잣말로 되뇌는 모습의 엄마를 보면 엄마의 유년 시절이 어림짐작 된다. 외갓집은 평화롭고 인정이 흐르는 가정이었던 것 같다. 미소를 머금고 '아부지', '오빠'라고 부르며 독백을 하며 웃는 모습은 지극히 행복해 보였다. 특히 아버지의 사랑을 지극히 받고 자란 막내딸임을 역력하게 드러내 보인다.

심성이 곱고 천성이 유순한 엄마의 딸로 태어난 것이 최고의 선물로 여겨지는 요즘, 난 내 아이들에게 어떠한 엄마로 자리할지가 새삼 궁금해진다.

데칼코마니

개구리 알

내도랑 흐르는 물소리가 귓전에 시원스레 들려왔었다.

개구리 알처럼 쏟아져 내리는 유년의 추억은 가끔 고단한 몸과 마음에 신선한 바람이 되어 불어온다. 요즘처럼 실내수영장이 없었던 시절에는 시냇가나 바다가 수영장이었다. 우리 집에서 멀찌감치 떨어진 곳에 시냇가가 있었는데 여름철이면 작은오빠는 동생과 나를 자전거 앞뒤에 앉혀서 바람을 가르며 시냇가에 데리고 가서 놀아 주었다. 시냇가 근처쯤 가면 냇도랑 흐르는 물소리가 귓전에 시원스레 들려왔다. 이미 냇가로 몰려온 많은 사람이 더위를 식히며 멱을 감거나 얕은 개울가에서 뜰채나 투망을 던져서 피라미를 잡는 모습으로 북적거렸다. 동생과 나는 얕은 개울물에서 고동을 잡으며 물속에 얼굴을 처박고 물속을 들여다보는 재미에 푹 빠져서 시간 가는 줄 모르고 물놀이를 했다. 작은오빠는 좀 더 깊은 제방둑에서 다이빙을 하며 신나게 물놀이를 즐겼다.

날씨가 더운 날에 작은오빠는 동생과 나를 자전거에 태우고 시냇가로 데리고 갔다. 여느 날과 다르게 그날은 오빠가 동생과 나를 물이 깊은 제방둑 위에 내려놓으며 먼저 오빠가 물속으로 내려가서 개구리헤엄을 선보였다. 손과 발을 정말 개구리처럼 살랑거리며 물 위에 떠서 헤엄을 치는 오빠 모습이 신기해 보였다. 깔깔거리며 웃는 동생과 나를 보면서 오빠가 손짓으로 물속으로 내려와서 오빠처럼 수영해 보라며 손을 이끌어 물속으로 내려오게 하였다. 발이 닿을만한 곳에 내려서서 오빠가 시키는 대로 크게 숨을 고르며 물속으로 얼굴을 넣고 두 손으로 물살을 가르며 한참 동안 헤엄을 쳤는데, 어느 순간 어깻죽지에 힘이 빠져서 더 이상 헤엄을 칠 수가 없어 물속에 발을 내려서는데 쑤욱 하고 계속 내려가는 거였다. 물속에서 흠칫 놀란 나는 손발을 계속 움직이며 허우적거렸는데 허우적거릴수록 몸이 물 위로 뜨지 않고 물속으로 계속 가라앉았다.

물속에서 눈을 떠보니 꼼짝없이 물귀신이 되고 말 것만 같았다. 더 허우적거릴 힘도 없어서 축 늘어져 버렸는데, 어느 순간에 '휙' 하고 몸통을 감싸는 무언가에 이끌려 물 밖으로 나오게 되었다. 작은오빠였다. 물을 실컷 마시고 물 밖으로 먼저 나온 동생이 울먹이고 서 있었다. 오빠는 서둘러 햇볕에 달구어진 조약돌이 있는 자갈밭으로 우리를 데리고 가서 몸을 데우고 조약돌을 주워서 고개를 기우뚱거리며 이쪽저쪽 귓속 물을 빼게 한 다음 자전거 페달을 밟으며 아무런 말도 없이 놀란 가슴을 쓰시며 우리 둘을 자전거에 태워서 집으로 돌아왔다. 집 마당에 들어서자마자 엄마에게 오늘 시냇가에서 빠져 죽을 뻔했던 이야기를 털어놓자 그 소리를 들은 엄마가 '어이구 어이구 내가 몬 산다' 하면서 풀이 죽은 오빠를 잡고 어찌나 등을 후려치는지 동생과 나는 어쩔 수 없이 그냥 우두커니 바라볼 수밖에 없었다.

세월이 지난 지금 돌이켜보면 생명의 은인인 오빠를 엄마에게 그렇게 수난을 겪게 한 철없음이 미안할 뿐이다.

"작은오빠 그때 우리가 정말 미안했어."

동작 그만

풍경이 있는 집

비 사이로 뛰어가면 되지!

초등학교 5학년 2학기가 되었을 무렵 아버지는 석류나무와의 추억이 가득한 유년의 집을 팔고 전셋집으로 이사를 했다.

석류나무가 있는 집에서 전셋집으로 이사하게 된 것도 아마 쥐포 공장의 자금회전이 잘 안 되어서 공장문을 닫을 때 즈음이었던 것 같다. 그 전셋집 주인은 우리 학교 선생님 집이었다. 위채와 아래채가 있었는데 우리 가족은 아래채에 세를 들어서 살았다. 집터가 넓어서 텃밭이 있고 그 텃밭 내에는 작고 동그란 우물이 있었는데 늘 나무 뚜껑으로 덮어놓고 사용을 하지 않았다. 선생님은 아들 둘을 키우고 계셨는데 아주머니는 곧 셋째 출산을 앞둘 만큼 만삭의 몸이 되어있었다. 그 셋째 아이를 우리 할매가 손수 산파가 되어 받아내 주었는데 아들이었다.

6학년이 되어 반편성을 앞두고 있을 때 왠지 모르게 주인집 아저씨가 꼭 담임선생님이 될 것만 같은 예감이 들었다. 그 예감은 적중

하였고 주인집 아저씨는 나의 6학년 담임선생님이 되었다. 담임선생님과 같은 집에서 산다는 이유로 반 친구들이 날 부러워하였고 자주 우리 집으로 놀러 왔다.

담임선생님과 한집에 살면서 가장 기억에 남는 것은 중간고사를 치른 즈음이었던 것 같다. 퇴근해서 돌아오신 선생님이 수돗가에서 면 런닝을 입고 세수를 하고 계시다가 마당가에서 놀고 있는 나를 불러서 "희야, 이번 시험에 한 문제만 더 맞으면 우등상장을 받을 수 있는 점수가 나왔는데 선생님이 한 문제 고쳐서 상장을 받게 해줄까?"라며 웃으셨다. "아니예, 그러면 안 되지예, 안 받을랍니더"라고 대답을 하였더니 선생님이 내 얼굴을 바라보며 "그럴래?" 하시며 왠지 모르게 대견해 하시는 표정을 지었다.

선생님과의 추억은 또 있다. 나이가 든 지금도 비가 내리면 어김없이 그 선생님의 환한 미소와 목소리가 또렷이 들려오듯이 가슴을 스친다. 어느 날 담임선생님의 수업이 있는 날 수업 도중에 무심코 창가를 바라보니 갑자기 비가 쏟아져 내리고 있었다. 한창 수업을 하고 계시는 선생님께 내가 "선생님예 비가 억수로 내리는데 우찌 집에 가지예"라며 돌발적인 질문을 했다. 선생님의 대답은 가히 시적인 표현 이상이었다.

"빨리 비 사이로 뛰어가면 되지!"

'어?' 하는 멍한 생각이 들었지만, 가만히 생각을 해보니까 맞는 말씀이었다.

선생님의 재치 있는 대답으로 교실은 순간 한바탕 웃음으로 비오는 날의 풍경처럼 수채화로 물들어버렸다.

6학년 담임선생님과의 추억을 뒤로 한 채 내가 중학교에 입학할 무렵 우리 가족은 또 한 번의 이사를 하게 되었다. 그건 다름 아닌 예상치 못했던 이변이 계속 일어났던 선생님 집 때문이었다.

어느 날부터 갑자기 엄마가 시름시름 앓으며 눈앞에 헛것이 보인다면서 헛소리를 일삼으며 일상생활을 하지 못하는 지경에 이르러 결국 병원 생활을 하게 되었고, 큰오빠가 체육 시간에 평행봉을 하다가 철봉 위에서 떨어져 어깨뼈가 부러져 깁스하게 되었다. 그리고 작은오빠가 바지에 오줌을 지리며 밤마다 몽유병 환자처럼 밖을 쏘다니고, 동생이 학교에서 단체 줄넘기 놀이를 하다가 살짝 주저앉았는데 엉치뼈가 빠진 줄도 모르고 방치를 해 두었다가 대수술을 받게 되었다. 집안이 아수라장이 되고 나니 아버지가 밖에서 들은 소리로 '대장군 방위'로 이사를 잘못 와서 집안에 이런 일이 생겼다고 하여 하루속히 다른 곳으로 이사를 나가려고 하였다. 그때 당시에 아버지는 부동산 투기용으로 사 놓은 대지가 있었는데 그 대지에 부랴부랴 집을 지어서 이사하려고 일사불란하게 일을 진행 시켰다. 이사를 나온 이후에 새롭게 알게 된 사실은 선생님 집 텃밭에 자리한 우물에는 오래전 처녀가 빠져 죽어서 그 우물을 사용하지 못하고 늘 뚜껑을 닫아 두었다고 들었다. '전설의 고향'에서나 나올 법한 이야기였다.

새집을 지어서 이사를 한 곳은 버스정류장 근처였는데 아직 그 근처가 개발되지 않아서 옛 정서를 누릴 수 있었다. 우리 집 들어오는 골목 옆에는 담장을 이웃한 기와집이 한 채 있었는데, 우리 집 옥상에서 바라보면 옛 고택 같은 느낌을 주었다. 위채와 아래채가 뚝 떨어져 있고 넓은 마당에는 둥글고 크고 작은 나무들이 숲을 이루고 있었다.

그 집 아래채는 탱자나무 울타리로 둘러쳐져 있고 그 울타리 너머로 좁은 흙길이 나 있었다. 그리고 길옆에는 넓은 도랑물이 흐르고 있었는데 봄이 되면 내가 탱자나무 잎을 떼어서 한 잎 두 잎 띄워 보내는 장난을 쳤었다.

봄이 되면 탱자나무 울타리에서 좁쌀만 한 하얀 탱자꽃이 쏟아져 내렸다. 햇살이 스며든 여린 잎들이 반들거리며 피어날 때면 내 마음에도 초록의 봄이 움트고 있었다. 푸르스름한 탱자가 어느새 가시덤불 속에서 노오랗게 익어 눈길을 유혹할 때면 가시덤불 속으로 조심스레 손가락을 밀어 넣어서 겨우 한 개를 따서 꺼 집어내려고 하면 어김없이 사나운 탱자 가시가 여린 손등을 할퀴어버렸다.

고등학교를 졸업한 후부터 나는 집 옥상에 올라가서 구름처럼 피어나는 상념에 잠기곤 했는데 어느 날 멍한 생각을 안고 옥상 계단을 내려오는데 한눈에 바라보이는 기와집 마당에서 아래 집 부부가 커다란 나무 옆에서 서로 애정을 나누고 있었다. 내가 놀라는 것 보다 그 부부가 나를 보며 민망해할 걸 생각해서 옥상 난간 바닥에 살짝 엎드려버렸다. 호기심에 난간에 난 문양 사이로 그 부부의 모습을 한동안 훔쳐보았는데 얼마 후에 남자가 여자의 어깨를 감싸 안고 아래채 방으로 들어가 버렸다.

그날 이후 아래채에 사는 여자의 배가 점점 불러오는 것을 보게 되었고 탱자나무 여린 잎이 돋아나는 봄날 우연히 탱자나무 울타리 길에서 그 만삭의 여자와 마주쳤는데 왠지 기분이 야릇했다.

비밀의 정원

기와지붕에 흙마당이 넓은 옆집이 있다
옥상 지붕에서 바라보면 정원수들이
흙뭉치를 안고 힘껏 싱싱함을 자랑한다

무료한 오후 한나절 옥상 지붕에 올라가서 궁상스런 생각에 잠긴다
흐려진 초점을 맞추고 계단을 내려오는데
둥그스레한 나무 커튼 사이로 움직임이 보인다
호기심이 가슴을 뛰게 한다
지붕 바닥에 포복 자세를 취한다
아기를 업은 여자와 성질머리가 사나울 것 같은 남자가
스칼렛 오하라와 레트 버틀러*의 격정적인 애정 신을 펼친다
망원렌즈 속 주연들은 아래채에 세든 젊은 부부다
슬레이트 지붕의 셋집은 탱자나무 울타리를 치고 있다
주인이 없는 틈에 넓은 정원에서 은밀히 나비춤을 춘다

* '바람과 함께 사라지다'의 주인공

나무들도 흐느적거리며 교태를 부린다

살랑거리는 바람의 어깨를 껴안고 방으로 들어간다

'하얀 탱자꽃이 얼마나 쏟아져 내릴까'

정원수가 연초록 실눈을 가늘게 그리는 봄날

만삭이 된 여자와 탱자나무 울타리 길에서 마주친다

2부

박제가 된다는 것은 영원히 존재할 수 있는 의미가 있다

사회인이 되다

강자에게 약하고 약자에게 강한 저급한 심리를 드러내고 있었다

고등학교를 졸업한 이후 나는 병약해진 심신 회복을 위해서 줄곧 집에서만 지냈다. 일 년 정도의 시간이 지난 어느 날 아버지가 나를 방으로 부르셨다.

"지금 우리 집 형편이 어려우니까 집에만 있지 말고 네 용돈이나 좀 벌었으면 좋겠다."

"그래서 말인데, 네 이종 오빠가 사는 곳에 마을금고가 있는데 그 금고 여직원이 결혼으로 나간다고 하네. 네 이종 오빠가 네가 와서 근무를 좀 하면 어떻겠냐고 한다. 네 생각은 어떻노?"

아버지의 권유를 거절할 아무런 이유가 없었기에, "네. 다녀볼게요"라고 대답했다. 상업계 부기를 전혀 몰랐지만 잠시 터득한 부기의 기초적인 지식만으로도 나에게는 금융 업무가 참으로 흥미로웠다. '차변 전표는 돈이 나가는 것 대변 전표는 돈이 들어오는 것', '대체전표는 현금 없이 같은 금액이 거래되는 것' 제일 중요한 부기의 원리는 '대차 평균의 원리'였다.

차변의 합계금액과 대변의 합계금액이 재무제표상 일치되어야만 했다. 물 만난 물고기처럼 내게 너무 재미있는 놀이가 되었다. 하지만 시골 마을이라 하루에 금고를 이용하는 방문객 수가 겨우 열 명 남짓하였다. 대부분 나는 글을 쓰거나 음악을 들으며 근무를 하였다. 예전에 즐겨듣던 팝송이나 칸초네를 들을 수 있는 것만으로도 낭만 이상이었다.

내가 사회에 첫발을 내디딘 직장 사무실의 모습은 꿈보다 해몽이 좋은 곳이라고 여겨두고 싶다. 마을구판장 모퉁이에 자리한 서너 평 남짓한 남루한 사무실 출입문은 미닫이 창문으로 되어있고, 안으로 들어서면 유리 탁자가 조그맣게 놓여있었는데 그 탁자 유리 위로 내비치는 사무실 앞 정자나무의 푸른 잎의 가지가 눈동자를 사로잡았다. 베니다 합판이 낡은 천장에서 쥐들이 가끔 달음박질하며 우르르 우르르 몰려다닐 때면 온몸에 소름이 돋아서 가만히 앉아있을 수가 없었다. 비가 내리는 날에는 낡은 천장에서 빗물이 새어들어 내 책상 바로 옆으로 떨어져 내렸는데 걸레를 빠는 세숫대야를 받쳐놓고 그 옛날 '황희정승'의 일화를 떠올리며 비 오는 날의 운치에 젖어들었다.

'어느 날 정승의 아내가 저녁 밥상을 차려서 방으로 들고 들어오는데 천장에서 빗물이 떨어져 내리니까 정승께서 우산을 받쳐 들어 저녁밥을 드셨다'는 일화가 연상되어 마치 내가 그 옛날 황희정승이 된 듯한 기분을 만끽하면서 비 오는 날의 정취에 흠뻑 빠져서 그날을 보내고 했다.

고등학교를 졸업 후 일 년 동안 집 밖을 나가지 않고 혼자만의 시간 속에 갇혀 지냈던 탓에 나는 반 실어증 증세가 있었다. 직장을 나간 이후에 무엇보다 사람들과의 소통이 꽤 힘이 들었다. 머릿속을 맴도는 말들이 쉽게 입으로 표현이 잘 안 되었다. 고민 끝에 나는 공자의 『논어』 책을 서점에 가서 한 권 구입해서 두세 번 읽어보며 사람이 사람에게 지녀야 할 품성을 터득하였고, 매끄러운 언어 표현을 위해서 중고등학교 때 즐겨 외웠던 한문책에 나와 있었던 한자 약 3,000자를 세 번을 반복해서 쓰고 다시 외웠다. 왜냐면 우리나라 말은 국한문혼용체이기 때문에 한자의 음과 뜻을 새기면 웬만한 문장은 쉽게 구사할 수 있기 때문이었다. 나의 숨은 노력으로 꽉 막혀있던 숨통이 서서히 뚫리기 시작했다.

내가 첫 사회에 나가보았을 때 대체로 사람들은 '강자에게 약하고 약자에게 강한' 저급한 심리를 드러내고 있었다. 그때부터 난 인간의 심리에 지대한 관심을 두게 되었고 이를 계기로 쇼펜하우어의

『인생론』과 아우렐리우스의 『명상록』을 즐겨 읽었다. 그리고 니체의 『짜라투스트라는 이렇게 말했다』 책을 밤을 지새우며 빠져들 듯이 흥미롭게 읽어보았는데 나의 심리가 투영된 듯한 느낌의 여운을 받았다.

환희

날개의 힘은 둥지 속에 있었다

운명은 자기 의지와는 상관없이 흐르는 강물이었다

파란색 천 가방 속의 꿈

내가 인문계 고등학교에 진학하게 된 것은 중학교 3학년 담임선생님 덕분이었다. 그때 당시 아버지는 서울에서 은행 지점장으로 지내고 있는 외삼촌을 빌미로 은행원을 시키려고 상업계 고등학교에 원서를 내게 하였는데 담임선생님께서 극구 부모님을 설득해서 인문계 고등학교에 원서를 쓰게 하였다. 담임선생님께서 "희야, 너는 몸도 약하고 하니 교대에 진학해서 교사가 되어라" 하셨다.

그 당시 아버지는 쥐포 공장이 망하면서 경제적으로 상당히 어려운 시기를 보내고 있었다. 이런 이유로 나는 3년 동안 하숙이나 자취생활을 전혀 못하고 진주로 통학을 하였다. 아침 일찍 일어나 아침밥을 먹는 둥 마는 둥 하면서 기름 냄새가 역겨운 완행버스를 타고 진주에 도착하면 또다시 콩나물시루 같은 시내버스를 타고 학교 정문 앞에 도착하였다. 몸과 마음이 지칠 대로 지쳐버린 나는 제대로 공부를 할 수가 없었다. 고등학교 1학년 첫 중간고사를 앞둔 시점이었다. 마음만은 욕심껏 공부해서 반에서 상위권에 들고 싶었다.

그런데 중간고사 준비를 위해서 책상 위에 책을 펼치며 공부를 하려는 그 순간 '멍'하는 기분과 함께 순식간에 공부법이 사라져버렸다. 아무리 집중을 하려고 해도 도무지 집중이 되지 않았었다.

'멍' 때린 이후부터 나는 온갖 노력을 다해서 예전의 공부법을 되찾아 보려고 애를 썼지만 속수무책이었다. 이후 나는 신경성 두통을 심하게 앓게 되었고 두피가 하얗게 일어나는 현상과 함께 머리에서는 진물이 나고 양악이 당겨지는 편두통에 시달렸었다. 급기야 아버지가 하루 출장을 내어서 진주 시내에 있는 병원으로 나를 데리고 가서 뇌 검사를 받게 하였는데 '신경성 두통'으로 진단 결과가 나왔다. 그에 따른 처방전으로 신경성 약을 한 봉지씩 타 와서 먹었는데 그 약을 먹고 나면 졸음이 와서 나는 늘 책상에 쓰러져서 비몽사몽 해롱거리며 지냈다.

세월이 흐른 지금도 그때를 가만히 돌이켜보면 운명의 장난이 아니고서야 그런 현상이 내게 일어났을 리가 없지 않았을까 한다. 아직도 나의 옷장 서랍에는 고등학교 시절에 들고 다녔던 파란색 천 가방이 보관돼 있다. 그만큼 가슴이 아리기 때문이기도 하다. 콩나물시루 같은 시내버스에서 잠금장치가 없는 천 가방 속 책들이 시내버스 바닥에 쏟아질까 봐 안간힘을 다 쓰며 '가제트 팔'이 되어 지켜내었던 그 '파란색 천 가방' 파란 꿈이 하늘 높이 날지는 못하였어도 지금의 내가 존재하는 이유가 천 가방속에 들어 있다.

휴식

초록이 움트는 봄날의 미소

내가 어렸을 적에는 마땅한 놀이가 많지 않았다. 전봇대에 얼굴을 가리고 동네 아이들과 무리 지어 '무궁화 꽃이 피었습니다' 하고 해가 질 때까지 왁자지껄하게 숨바꼭질 놀이를 하며 놀았다. 내가 초등학생이 되었을 무렵에는 자전거방에서 1시간에 500원을 주고 자전거를 빌려서 학교 운동장에 가서 땀을 뻘뻘 흘리며 자전거 타기 연습을 했다. 엎어지고 넘어지기를 숱하게 반복하면서 무릎이 까이고 피가 나는 고충을 수없이 겪었다. 이렇게 해서 배운 자전거 타기 솜씨는 내가 마을금고에 취직해서 다닐 때 유감없이 발휘하게 되었다.

빤히 보이는 비포장도로를 40여 분을 걸어서 출퇴근하였는데 퇴근을 해서 집으로 돌아오면 저녁밥도 먹지 않은 채 그냥 방에 들어가서 '픽' 쓰러져 자기가 일쑤였다. 이런 나에게 어느 날 아버지가 삼천리자전거 한 대를 사 주셨다. 이 자전거와 함께 나는 아침 햇살이 눈부시게 비치는 정동 쪽을 향해서 매일 달리기 시작했다.

초록이 움트는 봄날의 미소와 함께 나는 사계절이 피어나는 들길을 바람을 가르며 핸들을 움직였다. 극도로 쇠약해진 몸을 회복시키려는 마음가짐으로 대체로 나는 자전거를 끌며 들길을 걸어 다니려 했다. 자전거에 의지한 채 천천히 아침 들길을 걸어가면 논두렁가에 피어나는 들꽃과 마주하면 늘 행복감에 도취하였다.

구판장 옆 건물에는 마을회관이 있었고 그 회관 내에는 국공립 유치원이 운영되고 있었는데 유치원생 대부분이 인근 마을에 사는 아이들이었다. 이웃한 마을 입구에서 유치원으로 등원하는 아이들과 마주치는 날이면 어김없이 아이들과 논두렁에 피어나는 들꽃과 들풀 이야기를 나누며 노래도 부르면서 신나게 아침을 맞이했다. 아이들과 흥겹게 걷다 보면 어느새 마을 입구에 서 있는 정자나무 앞에 다다랐다.

나의 일과는 서너 평 남짓 되는 허름한 사무실을 물걸레질로 깨끗이 청소를 하고 난 다음 바람에 부딪혀서 흘려놓은 정자나무의 이파리를 대빗자루로 말끔히 쓸어주는 거였다. 그리고 사무실 내로 들어와 카세트테이프를 틀어서 오래된 팝송으로 숨을 돌리며 손님맞이 준비를 하였다.

나를 아는 이들에게 쉽게 드러내 놓기 쉽지 않은 직장이었지만, 그 허름한 사무실에서 주어진 낭만과 휴식은 나에게는 최상이었다.

이루어질 수 없는 사랑

나의 지갑에는 보리피리 두 개가 나란히 들어있다

나의 지갑에는 보리피리 두 개가 나란히 들어 있다. 해마다 봄이 되면 '보리'가 패어 오르는 그 순간의 기분을 야릇하게 수도 없이 남편에게 이야기하였더니, 어느 날 "그 보리 이야기 이제 그만하면 안 되것나" 하면서 남편이 애절한 내 감정을 뚝 끊어버렸다. 머쓱해진 내가 남편에게 "당신 보리피리 만들 수 있어요"라고 했더니, "그래, 내가 보리피리 하나 만들어 줄게" 하였다.

인간은 감정의 동물인 것처럼 '감' 잡은 남편이 오래된 나의 추억을 눈치채고 있었던 것 같다.

주말이면 남편과 거제에 있는 지인의 절에 자주 다녔는데, 어느 날 절에 들렀다가 집으로 돌아오는 길에 남편이 보리밭 가에 차를 세우더니, "내 오늘 보리피리 하나 만들어서 불어 줄게" 하면서 차에서 내렸다.

보리밭 가에서 보릿대를 꺾어 들고서 나를 보며 "뿌"하고 피리를 부는데 제대로 피리 소리가 나질 않았다. 그러자 다시 보리밭 가로 가서 보릿대 한 개를 더 꺾어 들고서 다시 "삣"하고 불었다. 그랬더니 정말 피리 소리가 나는 거였다. 남편도 동심이 살아나서 어찌나 좋아서 웃는지 그 순수한 남편의 얼굴을 바라보니 지금껏 내가 미처 깨닫지 못했던 생각이 뒤늦게 들었다. 그날 이후 나는 오랫동안 연푸른 물이 가슴에 배어들어 있었던 추억을 지워버렸다.

한겨울 꽁꽁 언 땅을 딛고 움을 틔우는 보리가 자라는 모습을 눈여겨 관찰하는 일상으로 나의 일 년은 시작되었다. 하루가 다르게 쑥쑥 고개를 치켜들고 자라는 보리는 봄의 기운 만큼이나 싱그럽게 피어올랐다. 한 뼘 정도 자라면 가시 같은 머리를 하고 보리 이삭이 통통한 볼을 내밀었다. 성큼성큼 빠른 걸음으로 내달리는 봄처럼 실한 보릿대를 세우며 봄을 뒤따라 잡듯이 자랐다.

햇살이 가볍게 내리비치는 날 맥없이 몸을 자전거에 의지한 채 출근을 위해서 봄이 자라는 들길을 걸어가고 있었다. 보리 이삭이 연둣빛 가시를 뽐내며 보리밭을 수놓고 있었는데 저만치서 씩씩하게 바람을 가르듯이 걸어가는 총각이 눈에 띄었다. 보리 가시같이 짧게 자른 머리가 아침 햇살에 유난히 반짝거렸다. 관심을 두지 않고 가던 길을 천천히 걸어가고 있는데 길옆 보리밭에서 '사사삭'하는 소리가 들려서 끌던 자전거를 길가에 세워 놓고 가만히 앉아서 보리 이랑 사이를 힘없이 바라보고 앉아있는데 족제비 한 마리가 보리 이랑 사이를 요리조리 헤치며 신나게 헤엄을 치고 있었다. 나와 눈이 마주치자마자 족제비가 순식간에 달아나 버리는 거였다. 겨우 일어나 자전거를 다시 끌려고 일어서려고 하는데 누군가 나를 바라보고 있는 듯한 느낌에 고개를 들어보니 조금 전까지 내 앞을 재빨리 걸어가던 그 총각이 나를 바라보고 서 있는 거였다. 내가 다시 자전거를 끌고 가니까 또다시 내 앞을 재빠르게 걸어가는 거였다. 아무런 생각이 일어나지 않는 그냥 길가는 행인에 불과했었는데 운명의 곡선은 그 후 거센 파도를 타게 하였다.

이후 사무실로 간간이 낯선 남자의 전화가 걸려 왔다. 내가 "여보세요"라고 말을 하면 아무런 대답도 하지 않은 채 전화를 뚝 끊어버렸다. 그러더니 얼마 뒤부터는 수화기를 들면 낯익은 노랫소리가 전화선을 타고 실려 왔다. 어느 정도 내가 익숙해지니까 나를 잘 아는 사람이라고 몇 마디 말도 던졌다. 참으로 괴기스러울 만큼 나를 혼란스럽게 하였다. 하지만 서라운드 음향을 제대로 내어 준 노래들은 때로는 내가 즐길 수 있는 유쾌함도 지닐 수 있게 해 주었다. 어느 날 전화선을 타고 실려 온 양희은의 「이루어질 수 없는 사랑」 노래는 왠지 아련하고 영롱하였다.

5년 정도의 시간이 흐른 후에 알게 된 이 의문의 남자는 그때 당시에 나를 아주 잘 챙겨주고 좋아해 주던 언니가 있었는데 그 언니에게 언뜻 그 전화 오는 남자의 얘기를 해 주었더니, 기가 막히는 대답을 하였다. 다름 아닌 그 남자는 그 언니가 잘 아는 사람이었다.

내가 하루종일 사무실에서 혼자 지내는 게 무료할 것 같아서 간간이 전화를 걸어 음악을 들려주라고 부탁을 해서 몇 년간 지속되었다는 사실을 뒤늦게 알게 되었다.

참으로 고맙기도 하지만 종잡을 수 없을 만큼 내 머릿속을 어지럽혔던 갖가지 일들을 정리하기에는 충분한 시간이 필요하였다.

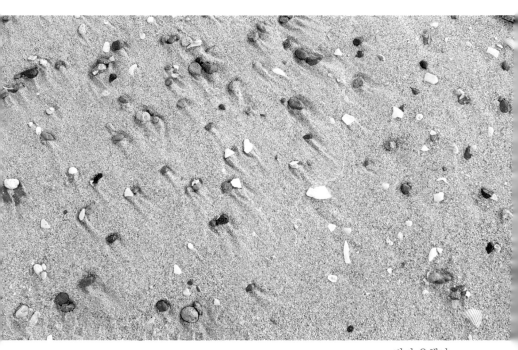

바다 올챙이

날개의 힘은 둥지 속에 있었다

안경

너를 처음 만난 건 중학생 시절이었지

너와 함께 공부를 하면서

단짝 친구가 되어 교실이 들썩거리게 놀았어

세월은 파도를 타며 넘실거렸고

난 어느새 어엿한 숙녀가 되었지

세상에 나와 보니 감정들이 뱀처럼 우글거리고 있었어

논두렁에 핀 자운영 꽃을 보면서

나비의 날갯짓에 마음을 띄워 보내는 아련함이 있었지

어느 봄날 연둣빛 감성에 물들었어

햇살을 가르고 찾아온 한 남자

우연한 만남 이후 보리물결처럼 일렁이는 마음

노란색 저고리에는 다홍색 치마가 어울리는데

흰 저고리에 청바지를 입은 듯 어색함이 풍겼지

너는 나에게 탁월한 조언을 해 주었어

차라리 눈을 감아버리라고

난, 매일 감정을 벗어버리기로 했지

어렴풋이 보이는 그 남자의 모습들이

안개 속 형체처럼 잘 보이지 않았어

잊는다는 건 잊어지는 것처럼 슬픈 일이었지

시간은 서로의 갈 길을 꾸역꾸역 걸어갔어

추억의 그림자는 노을이 지면 더 길어지지

너는 내 마음의 비밀 주머니

밀실의 문틈으로 빛이 되어 들어오고 있어

네 잎 클로버

박제가 된다는 것은 영원히 존재할 수 있는 의미가 있다

나이 오십을 앞둔 나이에 딸이랑 네 잎 클로버를 한 움큼 뽑았던 날이 있었다. 초등학교에 다니는 딸이 소풍을 갔던 날 친구들과 점심을 먹고 있는데 옆자리의 친구가 네 잎 클로버를 여러 장 뽑아서 보여주었다고 하였다. 이 소리를 들은 나는 딸에게 추억의 선물을 해주고 싶은 마음에 한달음에 딸과 함께 그곳으로 달려갔다.

"어디, 어디에 네 잎 클로버가 수북하게 있었니?" 하면서 딸의 촉감을 세우게 하였다. 그 친구가 앉아있던 곳을 딸이 손짓으로 가리켰다.

"그래, 여기 어디쯤 네 잎 클로버가 숨어있을 것 같네" 하면서 난 나이가 무색하리만치 흥분돼 가고 있었다. '행복'을 의미하는 '세 잎 클로버'가 수풀을 이루고 있는 더미에서 '네 잎 클로버'를 찾는 것은 정말 행운이 아닐 수 없는 일이었다. 그만큼 확률적으로 어려운 일이기도 하기 때문이다. 감정을 자제하고 두 눈을 땅에 닿듯이 바싹 들이대고 요리조리 수풀을 뒤적이며 '네 잎 클로버'를 찾아 헤매다

넜다. 그러자 무심결에 행운의 여신이 바람의 눈을 감기며 순간 '네 잎 클로버' 한 장을 보여주었다. 흥분된 마음은 예나 지금이나 그대로였다. 덩달아 딸도 '네 잎 클로버'를 잘도 착착 찾아내는 거였다. 우리는 잠시 그토록 찾기 힘든 '네 잎 클로버'를 한 움큼 움켜쥐고 서로를 바라보며 행복한 미소를 지었다.

이날 뽑은 '네 잎 클로버'는 한 권의 책갈피 속에 잘 정리해 두었다가 아들이 대학 수능 시험을 치르는 날 아침 그 '네 잎 클로버'가 가득한 책 한 권을 가방 속에 넣어주며 행운을 빌어주었다.

추억은 현재진행형이 되어 늘 설레게 한다. 딸과 함께 뽑은 '네 잎 클로버'는 나의 오래된 추억과 맞물려 있다. 나의 첫 직장이었던 마을금고는 마을 사람들을 회원으로 하고 있었기에 온종일 금고를 이용하는 사람들이 몇 안 될 정도로 드물었다. 그 마을에는 단감나무가 주 소득원이었다. 마을 전체가 단감나무로 빙 둘러싸여 있을 만큼 집집이 단감나무를 재배하고 있었다.

봄이 되면 단감나무에서 연초록 잎새가 돋아나 햇살에 반짝이는 모습은 마치 봄의 전령사가 온 누리에 봄빛을 뿌려 주는 것만 같은 환희를 느끼게 해 주었다. 그 잎새가 자라는 모습을 지켜보며 계절의 변화를 느낄 수 있었고 자연의 신성함에 무한한 감동을 선물 받았다.

마을 사람들이 사시사철 분주히 생업에 종사하고 있었기에 금고 사무실은 적막감이 감돌 정도로 시간이 강물처럼 흐르고 있었다. 이에 나는 때때로 마을회관 뒤편에 펼쳐진 논가로 가서 논두렁을 타며 시간을 보냈다. 논두렁을 타고 돌아다니면 시간 가는 줄 모르게 재미가 있었다. 논두렁을 타고 피어나는 작고 노오란 들꽃은 가슴을 물들이는 마력으로 나를 행복하게 해 주었고 들판을 붉게 물들이는 자운영꽃은 아름답게 치장한 여인의 모습으로 다가왔었다. 솔직히 봄날 들판을 붉게 물들이는 꽃의 이름을 몰랐었는데, 자운영꽃이 붉게 만개한 논두렁 가에서 삼베 적삼을 입고 소 꼴을 베시는 외숙께 물어보았더니 '자운영꽃'이라고 일러주어서 비로소 알게 되었다. 봄은 나에게 신비 이상의 무언가를 느끼게 해 주었다.

이른 봄날의 노랑나비를 바라보면서 꿈을 꾸듯이 논두렁 가를 타고 도는 것 이외에 나는 또 다른 재미에 푹 빠지게 되었다. 다름 아닌 '네 잎 클로버'의 행운을 수소문하는 거였다. '세 잎 클로버'가 무성한 논두렁 가에서 '네 잎 클로버'를 찾는 것은 꽤 힘든 일이었다. 행운의 여신이 번쩍 손을 들어주는 날 아침에는 휘둥그레진 눈으로 기쁨을 감추지 못하고 떨리는 손으로 조심스럽게 '네 잎 클로버'를 손에 안아 들었다.

지금이 초라하였기에 나는 언젠가 더 높게 더 멀리 뛸 수 있는 개구리의 움츠린 자세를 취하며 나름의 나를 가다듬어 가는 중이었다. 그렇게 해서 뽑은 '네 잎 클로버'는 소중히 내 수첩 속에 고이 박제시켜 놓았다. 박제가 된다는 것은 영원히 존재할 수 있는 의미가 있다. 언젠가 내 인생에 행운의 꽃이 피는 날 나는 다시금 초록의 물을 뽑아낼 수 있을 것이라는 희망을 지녀 보는 것이다.

숨바꼭질

인정人情

이십 대에 스며드는 감성은 봄빛을 닮았다

아침 이슬을 밟으며 논두렁 가를 타고 돌아다니면 신발이 눅눅해졌다. 그래도 '네 잎 클로버'의 행운을 찾는 일은 유일한 즐거움이었기 때문에 멈출 수 없는 일과가 되었다. 흥에 도취 되어 논두렁가에서 맴을 돌고 있을 때 회관 모퉁이쯤에서 "이 양아… 돈 찾으러왔다", "바쁘다, 어서 와서 빨리 돈 좀 주라" 크게 손짓을 하며 외치는 소리에 놀라서 고개를 들어보면 비로소 정신이 들었다. 그 소리에 한달음에 사무실로 달려와서 금고문을 열고 업무처리를 해 줄때가 다반사였는데 철없이 행동하는 나에게 동네 분들은 어느 한사람도 짜증을 부리시거나 화를 내는 사람이 거의 없었다. 그저 말없이 웃어주시는 모습에 늘 가슴 따뜻해지는 무언가가 있었다.

한두 분 아침에 다녀가면 온종일 미닫이 창가에 내비치는 정자나무의 푸른 잎을 마주하며 사무실지기가 되어있었다. 창가를 바라보며 멍을 때리고 있으면 허름한 구판장 내에서 들려오는 동네 아저씨 두세 분이 앉아서 막걸리 한 잔 소주 한잔을 걸치시며 나누는 담소는 음악 소리 이상의 정겨움으로 지루함을 달래주었다. 어쩌다가 얼근하게 술에 취한 동네 아저씨가 미닫이문을 열고 들어와서 "이 양, 이거, 심심할 텐데 오징어 한 마리 씹어봐라" 하시며 두툼한 오징어 한 마리를 내밀어 주시고 미닫이문을 닫고 슬그머니 나가시는 뒷모습에 고마운 마음이 숨결처럼 일었다.

사무실 미닫이문 안팎으로는 정자나무의 푸른 잎사귀만큼이나 구구절절 많은 사연이 열리고 닫혔다. 달걀귀신이 무색하리만치 뽀얗게 화장을 하고 한 시간이나 드라이를 넣어서 다듬은 머리스타일로 한껏 치장하고 매일 출근을 하였는데, 그 동네에 지능이 다소 떨어진 형오 아저씨가 간간이 사무실 미닫이 창가로 다가와서 얼굴을 바짝 창문에 들이대고 나를 바라보고 있었다. 그 아저씨의 얼굴 생김새가 어찌나 무섭게 생겼던지 무서워서 눈을 마주치지 못하고 울상을 짓고 있을 때면 마을회관 앞을 지나가시던 동네 아저씨들이 "형오야, 이 양 놀랜다. 어서 저리 가라" 하면서 손짓을 하면 슬그머니 돌아가고 했다.

어느 날은 모처럼 밤늦게까지 일에 열중하고 있었는데 갑자기 미닫이문을 세차게 밀어젖히고 경찰 두 명이 들어서면서 이리저리 사무실 내를 둘러보며 허겁지겁하는 모습이 어찌나 황당하던지 "밤

늦은 시간에 무슨 일인데예?" 의자에서 내가 일어서면서 쌀쌀맞게 쏘아붙이듯 화를 내자, 두 사람 중에 젊은 경찰이 나를 한 대 칠 것 같은 표정을 지으며, "뭐요, 뭐 이런 아가씨가 다 있노?" 하면서 씩씩거렸다.

그러자 나이가 좀 드신 경찰분이 그 젊은 경찰의 등을 툭툭 치며 "어, 그만 됐다. 고마 가자" 하시며 사무실을 나갔다.

이유인즉, 그 당시에 도난방지 시스템 기능의 비상벨을 사무실 책상 옆에 설치해 두고 있었는데 번번이 오작동을 일으키며 말썽을 부렸다. 아마도 그날 밤에도 나도 모르는 사이에 비상벨이 오작동을 일으켰던 것 같다. 세월이 무진장 흘렀어도 그날 밤에 그 젊은 경찰이 씩씩거리던 모습이 한 번씩 떠올라 웃음 짓게 하였다.

몇 장 안 되는 전표 거래로 하루를 보내고 했는데 어느 날은 아침 일찍 그 마을에서 화훼농사를 경작하고 있는 아저씨가 첫 거래 손님이었다. 그런데 그 아저씨가 다녀간 이후에 현금잔액을 헤아려 보니 몇십만 원이 부족했다. 가슴이 철렁 내려앉아 한달음에 그 아저씨가 일하고 있는 비닐하우스로 달려갔다.

"아저씨, 현금이 많이 모자라서 왔어요."

"혹시, 찾아간 돈이 많지 않았어요?"라고 했더니,

"그랬나, 가만있어 봐라, 저기 던져놨는데, 한번 세 보자."

일하던 손으로 돈다발을 다시 세고 난 다음 그 아저씨가 "맞네, 돈이 더 많이 왔다" 하면서 아무렇지 않게 더 간 돈을 쉽게 내게 건네주면서 웃었다.

봄 햇살처럼 하얗게 웃어주었던 그 아저씨 얼굴도 가끔 떠오르는 영상이 되었다.

이십 대에 스며드는 감성은 봄빛을 닮았다. '언덕에 굴러떨어지는 쇠똥만 보아도 웃음이 난다'라는 말처럼 때 묻지 않은 영혼의 출렁임은 봄 햇살에 터치되어 피어나는 봄꽃처럼 화사한 마음을 지니게 하였다. 비록 누추한 사무실로 출근하는 일상이었지만 이십 대의 감성만으로도 충분히 즐길 만하였다.

어느 날 아침은 여느 때와 마찬가지로 분주하게 치장을 하고 출근 준비를 하였는데 그날은 왠지 자전거를 제쳐놓고 주말에 사 놓은 '조이너스' 연보랏빛 정장 차림으로 봄 길을 걸어보고 싶었다. 연보랏빛 주름치마에 실크 스카프를 목에 두르고 한껏 뽐을 낸 자태로 봄의 속삭임 속으로 빨간 구두 소리를 '똑 똑 똑' 내며 초록의 들길을 걸어가는데 정 동쪽에서 아침 햇살이 눈부시게 쏟아져 내렸다.

그 마을 입구에는 화훼농사를 경작하는 비닐하우스가 즐비하게 지어져 있었는데 아침 일찍 비닐하우스 밖에서 일하던 아저씨가 출근하는 내 모습을 보며 "와! 이 양 오늘따라 너무 예쁘네" 하면서 환하게 웃으며 "이 양아 지금 남아 있는 꽃들이 상품 꽃은 아니지만, 나머지 꽃들 좀 꺾어가서 사무실 책상에 꽂아놓고 봐라" 하였다.

'꽃집에 아가씨는 예뻐요'라고 시작되는 노래 가사처럼 화훼농사를 짓고 있는 젊은 아저씨들 마음씨도 모두 선하고 좋았다. 가을이면 국화꽃을 한 아름 신문지에 돌돌 말아와서 사무실에 들여다 주었다.

정겹고 훈훈한 인심이 묻어나는 그 곳은 풍요로운 정서가 흐르는 곳이었다.

말도 아름다운 꽃처럼 그 색깔을 지니고 있다.

- E.리스

시인의 꿈

그대 감성의 시냇물에 시의 꽃잎을 띄우고

도종환 시인의 「접시꽃 당신」과 윌리엄 워즈워스의 「초원의 빛」의 시를 가장 사랑하며 외우고 다녔던 시기에 나에게도 시인의 꿈이 날아들었다.

오래된 기억을 끄집어내어 보니 겨울이었던 것 같다. 마을회관 내 유치원 아이들이 모두 집으로 돌아간 뒤 심심하던 차에 내가 유치원 내로 들어서니까 퇴근을 하지 않고 난로 앞에 앉아 계시던 유치원 김 선생님이 나를 쳐다보더니 "이 양아, 점심 먹었나?"하고 물었다.

"아직, 안 먹었으예."

"라면 같이 끓여 먹을래?"

"네."

라면을 끓일 만한 마땅한 그릇이 없어서 두리번거리다가 김 선생님이 난로 위 노란 주전자에서 물이 팔팔 끓고 있는 모습을 보더니, 회심의 미소를 지으며 말했다.

"우리 이 주전자에 라면을 넣고 끓이자."

이렇게 해서 구판장에 가서 라면 한 봉지를 사 와서 노란 주전자에 라면을 넣고 보글보글 끓여서 유치원 내에 감도는 겨울 냉기를 호호 불어내면서 맛있게 라면을 먹었다.

시장기를 달래고 난 뒤 김 선생님과 이런저런 싱거운 이야기꽃을 피우며 시간을 보내는 도중에 김 선생님이 책상으로 가서 책 한 권을 들고 와서 내게 내밀었다.

"이 양아, 요즘 베스트셀러 책인데 한번 읽어봐라."

유안진 교수의 『그리운 말 한마디』 수필집이었다.

"언제까지 읽고 주면 됩미꺼?"

"천천히 읽고 주라."

손에 받아 든 수필집을 펼쳐서 한두 장 읽어보니 너무 꾸미가 당겼다. 퇴근 후 집으로 들고 와서 저녁밥을 먹은 후에 내 방에 앉아서 천천히 읽으니 스펀지처럼 빨아들이는 마력에 시간 가는 줄을 몰랐다. 현재 처해 진 내 마음을 투영해 내듯이 거침없이 나열되어 있는 문장에 매료될 수밖에 없었다. 자연스레 밑줄까지 긋게 되었다. 자정이 조금 지나서 책 한 권을 모두 읽었다. 그리고 이 감흥이 사라지기 전에 밑줄 그어 놓은 문장들을 타이핑 해서 코팅 받침을 만들어 수시로 읽으며 혼란스러운 지금의 마음을 다스리고 싶었다. 밤이 늦도록 서툴게 두드리는 타이핑 소리가 밤의 정적을 깨어 놓았다. 주말에 나는 그 책에서 발췌한 글들을 학교 앞 문방구점에 가서 코팅 받침을 만들었다. 그 코팅 받침은 30년이 넘은 지금도 책꽂이에서 그날 밤 읽었던 감흥으로 나를 흔들어 깨우고 있다.

'가슴은 뜨거워도 머리는 차가워야 총명하고 지혜로운 여성이 아닐까? 냉정한 판단으로 뜨거운 감정에 균형을 잡고 성급한 감정을 견제하는 힘을 얻어야 실수도 적으리!'

그 책에서 맨 처음 가슴에 와 닿은 글귀다. 하지만 어느 한 문장도 간과할 수 없이 마음의 지침서가 되는 책이었다. '사람은 태어나는 존재라기보다는 스스로 만들어 가는 존재가 아닌가?' 이 글귀 또한 초라한 지금의 나에게 무한한 용기를 불러일으켜 새롭게 거듭날 수 있는 희망을 안겨주었다.

'그대 감성의 시냇물에 시의 꽃잎을 띄우고, 시의 향기를 뿌린다면, 그대는 틀림없이 그 누구와도 다르면서, 그 누구보다도 나은 인격자가 될 것입니다' 이 구절에서 '그 누구와도 다르면서, 그 누구보다도 나은 인격자가 될 것이다' 이 글귀가 늘 내 머릿속을 한 번씩 스치며 맴돌기 시작했다.

겨울의 냉기를 완전히 벗어나지 않은 이른 봄날 모처럼 집으로 점심을 먹으러 가는 길이었다. 근무복 치마 호주머니에 손을 집어 넣고 느린 걸음으로 가벼운 햇살을 머리 위에 얹고 막 움이 트는 들길을 걸어가는데 문득 '그대 감성의 시냇물에 시의 꽃잎을 띄우고' 글귀가 머릿속으로 떠오르며 파장되는 생각의 변이가 일어났었다. '아! 나도 시인이 되고 싶다' 시인이 되면 '그 누구와도 다르면서, 그 누구보다도 나은 인격자가 되겠지' 하는 생각이 꿈결처럼 스며들었다. 그러자 가슴이 환해지는 기쁨과 함께 무언지는 모르겠지만, 구멍 난 가슴이 자신감으로 채워지면서 흔들리는 나를 세워주었다.

　　유안진 교수의 『그리운 말 한마디』 수필집을 읽은 후 나는 시인이 되리라는 생각으로 지금의 나를 자책하지 않았다. 가슴에 저장된 꿈으로도 더없이 감사하고 행복하였다.

　　오랫동안 꿈을 그리는 사람은 마침내 그 꿈을 닮아 간다.

　　　　　　　　　　　　　　　　　　　　　　　　　　- 앙드레 말로

시

- 파블로 네루다

그 나이였다…
시가 내게로 왔다
모른다. 그게 어디서 왔는지 모른다
겨울에서인지 강에서인지
언제 어떻게 왔는지 모르겠다
아니다… 그건 목소리가 아니었고
말도 아니었으며, 침묵도 아니었다
어떤 길거리에서
나를 부르는 소리였다

밤의 가지에서 홀연히 다른 것들로부터
격렬한 불 속에서 불렀다
또는 혼자 돌아오는 길에
그렇게 얼굴 없이 있는

나를 시는 건드렸다

나는 뭐라고 해야 할지 몰랐다

내 입은 이름들을 도무지 대지 못했고,

눈은 멀었으며

내 영혼 속에서 뭔가 시작되어 있었다

…(이하 생략)

강가에 서서

둑 너머에는 아직도 안개 이불을 덮고 잠을 자고 있었다

매일 아침 나는 출근 준비를 위해서 화장대 앞에 앉아서 한껏 멋을 부리는 치장을 하는 일에 여념이 없었다. 누군가에게 잘 보이기 위함이 아니라 나 자신을 사랑하기 때문이었다. 거울 앞에 섰을 때 예쁘게 비치는 내 모습이 좋았다. 짙은 화장을 하는 모습에 엄마의 잔소리는 날로 더해만 갔지만 나는 아랑곳 하지 않았다. 어느 정도 꾸미고 나면 먼저 출근을 하시는 아버지께 배웅 인사를 드리러 현관 앞으로 다가갔다.

"아버지, 나 오늘 예쁩미꺼?"라고 물어보면 "그래, 예쁘네"라며 빙그레 웃어주셨다.

"아버지, 잘 다녀오이소예."

아버지께 배웅 인사를 하고 나도 바삐 서둘러 자전거를 타고 아침 출근을 하였다.

내가 가장 좋아하는 칼라는 '화이트' 티 없이 맑은 하얀색을 보

면 마음이 깔끔해지는 기분이 들어서 늘 흰색 옷에 흰 구두를 즐겨 신었다.

쎄라복처럼 디자인 된 하얀 웃옷과 바지 차림에 흰색의 하이힐을 신고 어깨에는 흰색 계열의 핸드백을 메고 그때 당시에 베스트셀러 시집이었던 도종환 시인의『접시꽃 당신』시를 코팅한 책받침을 손에 쥐고 접시꽃 당신 시에서 그려지는 정서를 머릿속으로 그리며 '옥수수 잎에 빗방울이 나립니다. 오늘도 또 하루를 살았습니다. 낙엽이 지고 찬바람이 부는 때까지 우리에게 남아 있는 날들은 참으로 짧습니다…'를 가슴 절절하게 외우면서 삼천리자전거를 타고 초록이 넘실거리는 들길을 향해서 긴 머릿결을 휘날리며 자전거 페달을 밟았다. 차들이 왕왕거리는 아스팔트 도로를 달려서 일정한 거리에서 좌회전해서 조금만 가면 곧게 뻗은 들길이 나왔다.

아침마다 공을 들여서 한껏 꾸민 머리스타일이 한순간에 폭삭 내려앉는 일이 다반사였다. 그것은 봄날 짙게 내린 안개 때문이었다. 인근 마을로 접어들면서 마주하는 아침 안개는 안갯속 같은 내 마음만큼이나 짙게 내려앉아 1미터 앞을 분간할 수 없을 정도로 두껍게 쌓여 있었다. 마치 보이지 않는 미로 속을 헤치며 걸어나가는 기분이었다.

유년 시절에 저녁 무렵이면 방역차가 온 동네에 운무를 깔며 방역을 하고 다녔다. 그때마다 동네 아이들이 우르르 골목으로 뛰쳐나와 그 방역차 뒤꽁무니를 연신 헤헤거리며 따라다니고 장난을 쳤던 추억이 안개 속에서 되살아 나는 듯하였다.

앞이 잘 보이지 않는 자욱한 안갯속을 자전거를 타고 달리는 것은 꽤 위험한 일이었기 때문에 그 구간만큼은 자전거에서 내려서 이마에 더듬이 촉을 세운 감각으로 자전거를 끌며 천천히 안갯속을 헤집고 걸어가야만 했다.

정 동쪽이 가까워질수록 안개의 두께가 점점 옅어졌었고 안개 터널을 완전히 벗어나면 동쪽에서 아침 해가 높이 떠 눈이 부시게 햇살을 쏟아내고 있었다. 이미 온몸이 안개에 젖어 눅눅해져 버렸고 기분마저 축 늘어져서 정자나무가 서 있는 마을 입구를 그냥 지나서 곧바로 위 동네에 있는 강가로 자전거 페달을 밟으며 달렸다.

다다른 강가의 둑 너머에는 아직도 안개 이불을 덮고 잠을 자는 풍경이었다. 수양버들이 일찌감치 강물에 머리를 감고 머리를 풀어헤치고 서 있었다. 강 늪으로 내려가서 내 얼굴을 한 안경을 벗어 내려놓고 나는 누구인가를 수 없이 되뇌어 보아도 마음속 안개는 쉽게 걷히지 않았다.

강한 인간이 되고 싶다면 물과 같아야 한다.

- 노자

아침 명상

도끼를 맞은 돼지

네 잎 클로버를 찾지 못한 돼지

그 마을에는 일 년 중 상반기 하반기에 마을 결산총회를 열었다. 마을 사람들이 모처럼 한자리에 모이는 날이면 어김없이 구판장 옆 정자나무 주위에는 돼짓국을 끓일 가마솥이 걸어지고 돼지를 잡을 준비를 하였다.

요즘 시대에는 도살이 금지되어 있지만, 그 당시만 해도 잔치 날에는 소 돼지를 잡을 수 있었다. 돼지가 어딘가에서 실려 오는 동안 여러 명의 동네 아저씨들이 구판장 앞에서 담배를 피우며 두런두런 이야기를 나누고 있었다. 드디어 구판장 앞으로 작은 트럭에 중간 치쯤의 돼지가 실려 왔다. 그러자 구판장 앞에 모여 있던 아저씨들이 돼지를 잡을 만반의 준비를 하였다. 먼저 구판장 아저씨가 도끼를 자루에서 빠져나오지 않도록 도낏자루를 거꾸로 잡고 땅바닥에 몇 번을 탁탁 내려쳐서 단단히 하였다.

구판장 아저씨의 날쌘 손동작이 돼지의 앞머리를 정확히 도끼로 내려찍었다. 그런데 그날따라 실려 온 돼지가 얼마나 힘이 좋은지

피를 줄줄 흘리며 앞머리에 도끼를 꽂은 채 마을회관 뒤편으로 부리나케 달아나 버렸다. 돼지를 놓친 동네 아저씨들이 어이없이 껄껄껄 웃고만 서 있었다. 그 돼지는 내가 아침이면 '네 잎 클로버'를 찾아다니는 논둑으로 달아나서 이리저리 날뛰고 있었다.

한참을 지나서야 그 돼지는 긴 나무 막대기에 네 다리를 꽁꽁 묶인 채로 동네 아저씨들에 의해 다시 구판장 앞으로 실려 오게 되었다. 난생처음으로 돼지를 잡는 모습을 지켜본 나는 무서움보다는 호기심으로 가득 차 있었다. 죽은 돼지의 배를 칼로 가르고 난 뒤 손을 집어넣어서 간 허파 창자를 부위별로 끄집어내어 커다란 고무 다라이에 담는 일은 생각보다 엄청 힘들어 보였다. 그리고 가마솥에 삶기 좋을 크기로 고깃덩어리를 자르는 동안 미리 불을 지펴 놓은 가마솥에는 물이 펄펄 끓어오르고 있었다. 마을 부녀회에서 돼짓국을 끓이기 위해서 준비해 놓은 갖 가지 재료들과 양념 그릇이 정자나무 주위에 가져다 놓은 평상 위에 즐비해 있었다.

돼지고기를 맛있게 삶고 있는 동안 총회는 순조롭게 개최되었고 구수하게 익어가는 돼지고기 냄새가 정자나무 주위와 마을회관 주위로 감싸고돌았다. 그 마을총회는 열띤 논쟁과 토론으로 개최될 만큼 마을에 대한 지대한 관심과 발전을 도모했다. 원만히 마을총회가 끝나고 나면 동네 분들이 이 층 회관에서 내려와 정자나무 주위로 삼삼오오 모여들었다.

　가마솥에서 익어가고 있는 돼지고기를 젓가락으로 꾹꾹 눌러 보면서 살덩어리를 건져 낼 순간을 기다리고 있었다. 젓가락이 살 속으로 쑤욱 들어가면 비로소 큰 쟁반 위에 돼지고기 덩어리가 수북하게 건져져 올려졌다. 무럭무럭 김이 오른 고기를 도마 위에 놓고 뜨거운 손을 후후 불어가며 한입 크기로 썰어서 접시마다 담아 놓으면 준비해 놓은 김치 된장을 곁들여 동네 분들이 볼이 불룩하게 씹어 먹었다. 그런데 그 모습들이 마치 돼지를 닮은 모습들이었다. 평상 옆에 앉아서 돼지고기를 썰어서 접시에 담는 모습을 지켜보고 있는 나에게 동네 아주머니가

　"이 양아, 이 부위가 돼지고기에서 제일 맛있는 갈매기살이다. 자! 어서 한 점 먹어봐라!"

　도마 위의 고기를 손으로 집어서 한입 넣어주시면 구수한 돼지고기 맛에 나 역시나 돼지가 된 모습으로 볼이 볼록한 채 맛있게 씹어먹었다.

나의 벗, 정자나무

미닫이 창가에 가벼운 손을 내밀어 주었다

그 마을회관 입구에 장승처럼 서 있던 정자나무는 나의 유일한 벗이자 위안이었다. 사계절의 순환을 아낌없이 나에게 보여주며 든든한 버팀목이 되어주었다.

겨울의 끝자락을 부여잡고 묵묵히 말없이 서 있다가 새봄이 되면 어김없이 봄바람에 감았던 눈을 떠 새순을 피우고 가지를 뻗어내려 내 사무실 미닫이 창가에 가벼운 손을 내밀어 주었다. 무성하게 자란 잎들이 미닫이 유리창에 푸른 액자를 걸어주어서 나는 오랜 시간 푸른 눈동자를 지닐 수 있었다. 어쩌다가 밤이 늦도록 일을 하는 날이면 황색 가로등을 가지 사이에 품어서 달처럼 띄워 주기도 하였다. 그런 정자나무가 고마워서 나는 아침마다 정자나무 주위를 말끔히 쓸어주었다.

어느 초겨울날 낙엽이 되어버린 정자나무 잎들이 회관 주위와 사무실 앞 모퉁이에 모여들었다. 대빗자루로 정성스럽게 사무실 앞

귀퉁이에 쓸어모았다. 수북하게 쌓인 낙엽을 보니 학창 시절 국어 교과서에 나온 '낙엽을 태우며'라는 수필이 생각나서 섣불리 불은 지르지는 못하고 쓸어 놓은 낙엽 위를 사부작사부작 밟아보는 재미에 푹 빠져보았다. 얼마 후 그 마을에 살고있는 이종 올케언니가 사무실에 일 보러 와서 내게 전해주는 말이 "금고 이 양이 머리가 좀 이상한 것 같다"라고 누군가 소문을 내었다는 것이다. 그 소리를 듣는 순간 머릿속으로 소문을 낸 사람을 어림짐작으로 알 수는 있었지만 따지고 묻고 싶지는 않았다.

정자나무 주위에는 늘 사람들의 발길이 끊이질 않았다. 정자나무의 그늘진 곳에 놓인 평상에서는 노인분들이 정자나무의 가지 사이로 불어오는 부채 바람으로 한여름의 더위를 식히며 두런두런 담소를 나누며 지냈다. 나도 무료한 시간을 달래려고 그 평상 모서리에 걸터앉아서 노인분들이 나누는 여러 인생 이야기를 들으며 시간을 보냈다.

할매와 더불어서 대가족을 이루고 살았던 가정 분위기에 노인분들을 챙기고 스스럼없이 대하는 것은 자연스러운 일이었다. 가끔 경로당 청소도 기탄없이 해 드리고 심심할 때 까서 드시라고 조그마한 항아리를 마련해서 그 안에 사탕을 수북하게 채워 넣어 놓고 하였다.

　하루는 사무실 미닫이문 사이로 전화벨 소리가 들려와서 그 끝소리를 놓치지 않으려고 한달음에 내달려서 급하게 사무실 내로 뛰어들어가는 모습을 본 할아버지 한 분이 껄껄껄 웃으시며 "이 양아, 엎어진다. 천천히 가도 된다. 지가 급하면 전화 또 한다" 하시던 그 모습이 지금도 또렷이 떠올라 그리움이 되었다.

　그리고 정자나무가 막걸리를 마시는 것을 간혹 본 적이 있다. 화훼농사를 경작하는 젊은 아저씨들이 마을구판장에서 막걸리를 마시고 난 뒤 정자나무로 와서 돌멩이를 하나 주워 정자나무 주위로 둥근 포물선을 그렸다. 그런 뒤 마시다 남은 막걸리를 포물선 주위에 술술 부어주었다. 그래야만 정자나무의 뿌리가 튼튼해진다는 것이었다. 그래서 그런지 간간이 막걸리를 마신 정자나무는 일 년 열두 달 변함없는 모습으로 튼튼하게 서 있었다.

　정자나무 가지가 뻗어놓은 또 다른 일은 그 마을에서는 둥근 보름달이 두둥실 떠오르는 추석날이 다가오면 정자나무 주위에 무대를 설치하는 일로 분주했다. 일 년 연중 감나무 농사일로 바쁜 동네 주민들이 추석날만큼은 한자리에 모여서 '노래자랑대회'를 하며 흥겹게 지냈다. 푸짐하게 쌓아 놓은 상품에 꾸미가 당겨서인 누구나가 마이크를 잡고 주저 없이 자기만의 장끼를 유감없이 펼쳤었다.

"금고 이 양 노래 한 곡 불러봐."

이 소리에 무대 의상처럼 검정 빌로드 반짝이 웃옷에 땡땡이 스커트를 차려입은 모습으로 무대 위에 오르면 열렬한 환영의 박수 소리가 들려왔다. 다소곳하게 동네 주민들께 인사를 한 다음 주현미의 「짝사랑」을 열창을 하며 불렀다.

피아노곡을 좋아하는 내가 뽕짝 노래를 부르게 된 계기는 동생이 내게 해준 의미 있는 한마디 말 때문이었다.

"이야, 회식하고 직원들끼리 노래방에 가면 유독 혼자 기분에 빠져서 늘어지는 노래를 부르고 있으면 고마, 탁! 한 대 때려주고 싶더라."

동생의 말을 가만히 들어보니 우습기도 하고 맞는 말인 것 같았다. 그 말 이후에 나는 대외용으로 뽕짝 노래 서너 곡을 외워놨었다.

국립유치원이 없어지고 금고 사무실이 마을회관 내부로 수리해서 들어가기 전까지 정자나무는 푸른 잎과 가지를 뻗어 나에게 잊지 못할 벗이 되어주었다.

꿈꾸는 나무

환상

불가사의한 일들은 남의 일이 아니었다

'환상' 눈에 보이는 현상 만이 전부가 아닌 또 다른 세상이 분명히 존재하고 있을지도 모른다. 한때 나는 믿기지 않는 현상을 경험한 적이 있다.

사무실 내에 있는 의자 두 개를 나란히 해서 책상 밑에서 어설픈 자세로 힘없이 자주 드러누워 있었다. 정자나무의 푸른 잎이 비쳐든 미닫이 창가 쪽을 바라보고 있었는데 내 눈꺼풀이 힘없이 스르르 감겨서 눈을 뜨는 동시에 미닫이 창문이 덜컹 내려앉았다. 마찬가지로 내 가슴도 철컥 내려앉는 기분이었다. 그 순간 온통 누런 빛을 띤 풍경의 들판이 펼쳐져 보였다. 누런 들판에는 작은 길이 이어져 있었고 이어진 먼 길 저편에는 검은 갓을 쓰고 검은 도포를 입은 '전설의 고향'에서 자주 본 저승사자가 서 있었다. 그 저승사자가 내 쪽으로 걸어오는지 가는지 얼굴은 잘 보이지 않았다. 그런데 가냘프게 들이쉰 숨을 기력이 없어서 내 쉬지를 못했다. 찰나의 생각이 깃들었다. '이 숨을 내쉬지 못하면 난 바로 저세상 사람이 되는구나' 슬픈 생각이 들었다. 그리고 딸을 여의고 비통해하실 아버지의 모습이 떠올랐다. 아버지를 생각해서라도 이대로 죽을 수만은 없다는 강한 의지가 손을 내밀어 주었다. 죽을힘을 다해서 내게 남아 있는 온 힘으로 힘껏 숨을 내쉬며 책상 모서리를 붙잡고 온몸을 비틀어서 사력을 다해서 의자를 떠밀고 일어나 앉았다. 조금 전 현상이 한순간에 사라져버렸다.

글을 쓰던 습관대로 조금 전 내게 일어났던 기이한 현상을 기억해두기 위해서 책상 서랍 속에서 수첩을 꺼내어 자세히 적어보았다.

얼마 후 힘없이 책상 앞에 앉아있는데, 큰오빠가 퇴근 시간에 맞추어서 오토바이를 타고 나를 태우러 왔다. 사무실 안으로 들어온 오빠에게 내가 빙긋이 웃으며

"오빠, 내가 방금 쓴 글 한번 읽어 줄까?"

"그래, 읽어봐라."

조금 전 수첩에 적어놓았던 글을 읽어 주었더니,

"니 오데 아프나? 고마 읽어라. 가슴이 아파서 못 듣겠다. 어서 집에 가자."

그때가 여름철이었던 것 같다. 큰오빠 오토바이 뒷자리에 앉아서 시원한 들 바람을 쐬며 집으로 돌아왔다. 뒷날 아침 난 거의 실신 상태로 일어나지 못하였다. 아침이면 바쁘게 몸단장을 하는 내가

보이지 않자 아버지가 내 방으로 들어와서

"오늘은 출근 안 하나?"

"못 일어나겠어요."

"왜?"

아버지가 내 팔을 끌어당겨서 일으켜 앉히려고 하자 내가 방바닥에 풀처럼 풀썩 누워버리니까 놀란 아버지가 나를 힘겹게 일으켜 세워서 우리 집 바로 옆 병원응급실로 데리고 가서 링거주사를 맞혔다.

내가 이런 현상을 겪은 건 우연한 일이 아니라고 여겨진다. 마을 금고에 취직해서 다닐 때쯤 나는 나도 모르는 사이 온몸에 힘이 빠져서 맥을 못 추는 상태가 되곤 하였다. 그냥 건강 상태가 안 좋아서 그럴 거라고 정신력으로 버텨나가고 있던 중이었다. 그런데 세월이 흐른 지금에 와서 곰곰이 생각해보니, 신내림을 거부했던 할매의 영향이었을 거라는 생각이 자연스럽게 들었다.

옛날에 할매가 신 내림을 받을 뻔하였다고 한 번씩 내게 말을 해준 적이 있다.

대 묶음을 손에 움켜쥐고 담장을 뛰어넘었다고 하였다. 평범하게 살고자 했던 할매가 강한 의지로 거부하였다고 하였다. 신기한 이야기처럼 들려서 내가 할매한테 물었다.

"할매, 할매는 굿하는 소리 들으면 괜찮나?"

"안 괜찮다."

"그라모, 우떻는데?"

"몸이 떨린다."

"그래."

"그라모 우짜는데?"

"몸을 뽈끈 움켜쥐고 참는다."

"그렇나."

나도 한때 보이지 않는 무언가가 자꾸 내 몸속으로 들어오려는 느낌을 받았다. 할매의 이야기가 생각나서 강한 거부를 하면서 부처님을 찾았다. 어느 날 저녁 환한 전등불을 밝히고 내방에 앉아있는데, 거대한 돌 미륵불들이 내 등 뒤로 빙 둘러앉아 있는 모습이 비쳐들었다. 그 순간 부처님의 가피로써 분명히 이겨낼 수 있을 거라는 강한 의지가 심어졌다. 할매가 거부했던 그 칠성 줄이 내게 범접하려고 했던 게 아니었을까. 아마도 이유도 모른 채 몇 년을 신병을 앓았던 것 같다.

이 병을 완전히 고치게 된 계기가 있었다. 어느 해 '석가 탄신일'에 엄마를 따라서 '사천성' 주변에 있는 절에 갔다. 그런데 절 정문에 들어서자 스님 한 분이 내내 나를 쳐다보는 거였다. 스님의 눈빛이 좀 이상하였다. 속으로 '저 스님은 내 병을 알고 저렇게 쳐다보는 건가'하는 생각이 들었다. 행사가 끝난 며칠 뒤 나는 그 스님이 계신 집으로 찾아갔다. 마주 앉아서 스님의 얼굴을 쳐다보았더니 스님의 눈이 약간 사시를 띄고 있었다. 자초지종을 얘기하였더니, 단숨에 스님이 나의 증상을 알아차리시고 부적을 한 장 써주면서 몸에 지니면 사라질 거라고 하셨다. 신기하게도 그 방침을 한 이후에 서서히 몸이 온전한 몸으로 회복되었다. 불가사의한 일들은 남의 일이 아니었다.

리본을 풀어헤치며

사랑도 그 선을 넘으면 통증이 심하다

사랑을 소유한다는 것은 이 세상을 가장 아름답게 볼 수 있는 마음의 창을 가지는 것이라 생각한다. 어떠한 조건의 사랑일지라도 거기에는 반드시 행복이 잉태될 것이다. 누구나가 다 행복해지길 바라는 마음은 우리가 가지고 싶어 하는 궁극적인 삶의 목표가 아닐까 싶다. 하지만 사랑도 그 선을 넘으면 통증이 심하다.

어느 한 구간의 시간에 나는 사랑의 감정보다는 말 상대가 그리운 시절이 있었다. 그런데 예상치 못했던 보이지 않는 감정의 덫에 걸려 넘어질 뻔하였다. 인간의 감정이 나의 감정과는 사뭇 다르게 작용 되는 것을 그때 알았다. 알에서 깨어나기 위해서 세상의 빛을 처음 쏘인 어린 새의 눈빛을 지니고 있었는데, 그 감정이 불러일으켰던 오해의 시선들은 나를 무척이나 힘들게 하였고 변명의 기회조차 가질 수 없었다. 그만큼 그때 내게 처한 현실이 극도로 초라하였기 때문이라고 여겨진다. 극심한 두통에 시달리며 병약한 몸을 한 채 혼자만의 시간 속에 빠져있었던 탓으로 언어소통이 잘 이루어지지 않는 상태였기에 그 감정을 둘러싸고 나를 말없이 괴롭히는 이들에게 어떻게 말을 해야 할지 몰라서 그저 가만히 감정혹사를 당하는 수밖에 없었다. 그러면서도 내가 지나치게 느끼는 감정일 수도 있겠다. 라는 생각을 수없이 했지만, 그들이 나에게 던지는 눈빛과 빈정거리는 듯한 말투는 가슴을 후비듯이 아리고 아팠다. 그러던 어느 날 이종 오빠가 툭 내뱉은 한마디에 아! 하는 생각이 스치면서 답답한 가슴이 후련하리만치 명쾌한 답을 얻었다. '인간은 감정의 동물이다.'

그렇다면 그들이 내게 쏘아붙이는 말들과 눈빛이 진실 그 자체임을 확신하게 되었다. '지렁이도 밟으면 꿈틀한다'는 속담처럼 그 후 내가 견딜 수 있을 만치 참다가 어느 날 도저히 더 지나칠 수가 없어서 난 가식 없는 내 마음을 그대로 적은 편지 한 통을 누군가에게 우편 등기로 띄워 보냈다. 편지를 띄우고 나니 그동안 내가 말없이 당해 왔던 고통이 한순간에 사라지는 기분이 들었다. 한 마디로 통쾌했다. 어떤 반응이 일어날까를 속으로 가만히 기다리고 있었다. 그때가 가을날이었나 보다. 며칠 뒤 그가 내게 한 통의 편지를 띄워왔지만 난 단번에 찢어서 휴지통에 버렸다.

통쾌한 복수를 하고 나니 마음이 한결 가벼웠다. 어느 출근을 한 아침 사무실에 거래 손님이 없는 틈을 타서 바람을 쐬려고 근무복 치마 호주머니에 손을 집어넣고 슬리퍼를 끌며 아무런 생각 없이 천천히 들길을 걸었다. 햇살이 가벼이 나를 비추고 있었다. 어느 순간 내 머리 뒤로 하얀 리본이 끝없이 풀려나가는 현상이 일어났다. 그 리본은 투명한 햇살 속에서 물결이 일렁이듯이 너울거리며 가을 햇살 속으로 풀려나갔다. 그리고 그런 현상과 함께 그토록 나를 괴롭혔던 머리의 통증이 점점 사라지는 기분이 들었다.

괴변 이후 내 머리는 때때로 정상이 아니었다. 머리가 예전과 다르게 아프면서 속이 매스꺼워 견딜 수가 없었다. 한동안 나는 이 이상한 머리의 현상으로 종잡을 수 없는 마음이었지만 강한 의지로 머리의 어지러움을 가다듬어 보았다. 열흘 정도의 시간이 지나서 난 정상적인 머리를 유지할 수 있었고 예전에 느낄 수 없었던 '통찰력'을 지닌 새로운 나로 거듭 태어난 기분을 만끽하게 되었다.

지자(知者)가 누구냐면 자기(自己)를 아는 자요.

강자(强者)가 누구냐면 자기(自己)를 이기는 자다.

실체가 없는 끊임없는 나와의 싸움에서 결국 난 내 속의 나를 이겨보았다.

리본

햇살이 가벼이 온몸을 비추던 봄날
몇 해 동안 나를 꽁꽁 묶어두었던 리본이
나와 봄이 만나는 순간
꽃봉오리가 터지듯 매듭이 풀려 날개가 되었다
매듭 풀린 리본은
봄바람에 하늘거리며 온몸으로 춤을 추었다

어둠 속에 갇혀 살던 애벌레가
두꺼운 벽을 깨는 순간
날개는 본능적으로 바람을 불러일으켰을 것이다

그동안 나를 에워싸고 있었던 캄캄한 벽들
그 벽을 깨기 위해 나는 온몸을 움츠렸었다
미완성의 몸을 단단한 틀 속으로 비틀어 넣었다
둥근 틀 속에서도 오직 날개를 펴는 연습

어둠 속으로 움츠러든다는 것은
빛을 향한 간절한 염원이었다

리본이 묶어진 상자 속에서
그동안 나는 무엇을 고민하고 있었을까
텅 빈 생각의 굴레 속에서 꿈틀거리던 날개,

아마도 내 몸엔 하얀 나비가 숨어 살았었나 보다

3부

그래, 내가 사랑해 버리면, 돼지 뭐!

돈가스

꼬집은 볼살이 아팠다

그 마을에 철학을 하시는 아저씨 한 분이 어느 날 사무실로 와서 내게 미소를 지으며 업무 데스크 앞에 서서 아주 아름답고 귀한 말씀을 해 주셨다.

"이 양아, 너처럼 맑고 순수한 아가씨를 여태껏 본 적이 없다. 아마 너를 아내로 맞이하는 신랑은 참 행복한 남자일 게다. 결혼해서 아이를 가지면 태교를 해라. 아이는 엄마 뱃속에서 70%를 배우고, 태어나서 만 4세까지 30%를 채워서 그 아이가 평생을 풀어서 산다."

"나도 너처럼 글을 쓰는 며느리를 보게 되면 이제껏 내가 써 놓은 글들을 책으로 엮어보고 싶구나."

"진짜예, 아저씨 그 써 놓은 글을 제게 좀 보여줄 수 있어예."

"그래."

그 아저씨가 가져다준 귀한 글들을 단숨에 읽어보았다. 그런데 유독 기억에 남는 강한 글귀가 머릿속에서 맴을 돌았다. 그 글귀는 바로 '여자란 언제나 깨끗하고 진실한 성품을 가져야 한다(이 세를 위해서)'였다.

호기심이 많았던 내가 다시 그 아저씨가 사무실에 일을 보러 왔을 때 그 머릿속을 맴도는 글귀를 여쭤어보았다. 그랬더니, 그 아저씨의 말씀이 '순결한 엄마에게서 태어난 아이는 영성이 높아서 다른 아이와는 다르다'라고 아주 의미 깊은 철학적인 말씀을 해 주셨다.

결혼 적령기를 살짝 벗어난 시기에 나는 수도 없이 맞선을 주선 받았다. '아홉수에는 결혼을 안 시킨다'라는 아버지의 각오에 따라서 다급해진 엄마가 중매쟁이 여섯 명을 불러들였던 탓이었다.

'첫사랑', '첫정'이라는 단어는 왠지 신선하고 기억에 오래 남는 법처럼 내가 맨 처음 맞선 본 남자는 일본에서 직장을 다니고 있는 맏아들이었다. 결혼하게 되면 일본에 가서 살아야 하는 형편이었다. 하지만 모든 조건을 떠나서 난 맏아들에게는 결코 시집을 가지 않겠다는 굳은 신념으로 똘똘 뭉쳐있었기에 단번에 거절을 해버렸다.

엄마가 막내아들인 아버지에게 시집을 와서 막내며느리가 아닌 맏며느리 노릇을 평생 하고 사는 모습을 보고 느끼고 살아왔는데 약골인 나에게는 상상도 못 할 일이었다. 그런데 맏아들로 첫 맞선을 본 때문인지 이후 맞선이 들어오는 남자들이 줄을 이어 맏아들 뿐이었다.

개중에 유일하게 동갑인 남자와 딱 한 번 맞선을 보게 되었는데 꼭 어린애처럼 느껴졌다. 그 동갑인 남자는 내가 마음에 들었는지 중매쟁이에게 한 번만 더 만나게 해달라고 여러 번 졸랐다고 한다.

한 살을 더 먹을 위기가 눈앞에 다가오자 아버지께서는 "고마 웬만한 남자에게 시집을 가면 안 되겠나?" 하셨다. "마음에 드는 남자가 없으면 고마 시집을 안 가면 안 됩미꺼"라고 했더니, "시집을 안 가고 싶으면 내 곁을 떠나서 혼자서 살아라" 하셨다.

아버지의 단호한 말씀에 도저히 혼자서는 못 살아갈 것 같은 걱정에 내심 불안한 마음이었다.

위기는 기회를 만든다고 했다. 일 년 전에 금고 이사장님께서 나를 귀하게 여기어서 맞선을 한 번 주선해 준 적이 있는데 그 남자의 나이가 나보다 무려 다섯 살이나 많은 노총각이었다. 아무려면 내가 노총각에게 시집을 가는 게 말이 안 되었다. 미안한 마음을 뒤로한 채 조용히 거절해 버린 적이 있었다. 다급해진 내가 이제는 이사장님께 염치불구하고 그 노총각을 한 번만 만나게 해 달라고 부탁을 하였다. 그랬더니 그 노총각이 워낙에 콧대가 높아서 웬만한 여자는 거들떠보지도 않는다고 들었다고 한다. 그 소리를 듣고 나니 '뭐'하는 오기가 발동되었다. 이사장님께 거듭 부탁을 하였더니, 어느 날 중매쟁이 한 분이 사무실로 찾아왔다. 나를 앉혀놓고 이런저런 이야기를 들어보고 나서 돌아가셨다. 이후 이사장님께서 하신 말씀이 "그 총각 하고 아가씨하고 얼굴이 비슷해서 이제는 성사될 것 같다"는 말씀을 들었다고 하였다.

　한 해가 다 저물어 가는 12월의 첫 번째 토요일에 그 운명의 만남이 이루어졌다. 솔직히 내 마음은 맞선이 목적이 아니었다. 그 수많은 맞선 본 남자들에게 한 번도 차여 본 적이 없는 내가 그 노총각의 드높은 콧대를 한 번 꺾어서 멋지게 차주고 돌아오고 싶었던 심사였다. 부모님도 모르게 살짝 맞선이 주선된 자리에 가보니 중매쟁이분이 먼저 와서 자리에 앉아계셨다. 내가 자리에 앉자마자 그분이 말씀하시기를 "엊그제도 참 복스럽고 예쁜 아가씨를 주선해 줬는데, 고마 맞선자리에 그 아가씨가 조금 늦게 왔다고 고마 총각이 안 하끼라 하는 기라."

　그 소리를 듣고 보니 도대체 얼마나 잘난 남자길래 그러나 싶은 생각에 절로 궁금하였다. 시간이 조금 지나자 내가 앉아있는 옆 계단에서 키가 후리후리한 남자가 약간 인상을 쓰며 걸어 내려오고 있었다. 직감적으로 '저, 남자인가 보다'라는 생각에 다소 긴장이 되었다. 예감대로 그 남자가 맞선자리에 앉는 거였다. 그런데 자리에 앉은 그 남자의 얼굴을 쳐다보니 솔직히 마음에 들지 않았다. 속으로 나는 쾌재를 불렀다.

'그래 당신이 그 뭇 처자들을 울렸단 말이지. 오늘은 내가 멋지게 차 줄게요.'

'한번 맛 좀 봐라' 하는 심보가 마음을 쿵쾅거리게 했다.

중매쟁이분이 먼저 자리를 떠난 후 우리는 업무적인 이야기로 대화를 나누기 시작하였다. 나는 이미 결정된 마음이었기 때문에 아무 거리낌 없이 매력을 한껏 발산하면서 대화의 장단을 맞추어 주었다. 그랬더니 그 남자가 불쑥 "밥 먹으러 가이시더. 이제껏 선을 보면서 밥 먹으러 가자고 한 사람은 처음입니더."

그 남자의 말에 순간 머릿속으로 고민이 되었다.

'어, 밥 먹으면 안 되는데. 함께 밥을 먹으면 결혼이 성사된다고 했는데. 우짜지!'

그러면서 맞선 보러 나올 때 작은 올케가 한껏 치장을 도와주면서 했던 말이 언뜻 떠올랐다.

"아가씨, 맞선 본 남자가 마음에 안 들면 그냥 오지 말고 돈가스 하나 얻어먹고 오세요" 했다.

작은 올케의 말이 생각나서 그 남자와 커피숍을 나와서 길을 걷다가 제일 먼저 눈에 띈 경양식점에 들어갔다. 메뉴판을 들어 보이며 "뭐 먹을랍미꺼" 하는데 나는 망설임 없이

"돈가스요" 했더니, "내는 돈가스 같은 건 잘 안 먹는데 저도 같이 돈가스 한번 먹어보죠" 했다.

돈가스를 썰어 먹는 동안 아무런 말도 하지 않았다. 그러면서 머릿속으로는 어떻게 이 남자를 차주고 집으로 돌아가지 하는 생각뿐이었다. 시계를 보니 다소 늦은 시간이 되어 마음이 바빴다. 부모님도 모르게 살짝 나왔는데 늦으면 들켜 버릴 것 같아서 마음이 조마조마했다. 서두르는 나를 주차장까지 바래 다 주겠다는 거였다. 혼자서 갈 수 있다고 해도 끝까지 주차장까지 따라 왔다. 매표소에서 차표를 끊고 서 있는 나에게 그 남자가 손을 내밀며 '다음에 또 만나'고 하면서 악수를 청하였다. 내민 손이 무색할 것 같아서 그 손에 가볍게 손을 잡혀 주었더니, 그 순간 시공간이 형언할 수 없는 분위기로 우리 두 사람을 그 공간에서 에워싸버리는 거였다. 마치 원형의 카메라가 우리를 향해 계속 돌아가는 느낌이었다. 버스가 출발한다는 소리에 그 남자의 배웅을 뒤로한 채 급하게 타에 올랐다. 버스에 올라서 창밖을 바라보니 해가 저물어서 밤이 되어가고 있었다. 한순간에 꿈을 꾼 것 같은 몽롱한 생각에 젖어들어서 창가에 내비치는 내 얼굴을 꼬집어보았다. '이게 꿈인가 생시인가'하는 생각을 했는데 꼬집은 볼살이 아픈 걸 보니 분명 꿈이 아니었다.

예지몽

우리의 만남은 아이러니하게도 이렇게 시작되었다. 하지만 나는 그날 이후 그를 깜빡 잊고지냈다. 며칠이 지난 후 모처럼 집에까지 걸어가서 점심을 먹고 사무실에 들어와 의자에 막 앉으려는 순간 전화벨이 울렸다.

"여보세요."

"이희야 씨, 저 ○○○입니다."

얼마 전 부모님 몰래 맞선을 본 그 콧대 높은 남자의 목소리였다. 몇 마디 말을 하지는 않았지만. 그 남자가 속삭이듯이 "저 ○○○입니다"라고 했던 그의 첫 목소리에 나도 모르는 묘한 설렘을 받았다. 전화를 끊고 나서, '이 야릇한 느낌은 뭐지!' 하는 생각으로 다시 한 번 더 그 남자에 대해서 생각해보기로 마음먹었다. 왜냐면 번번이 맞선에 퇴짜를 놓고 보니 어떤 남자와 결혼을 해야 할지 도무지 감을 잡지 못했다. 그래서 연애결혼을 한 친분이 있던 언니 집으로 무작정 찾아가서 조언을 구하였다.

"언니, 어떤 남자를 골라서 결혼해야 됩미꺼?"

"그냥 세 번 만나서 싫지 않으면 그 남자랑 결혼하면 된다."

그 언니의 말을 듣고 보니 정말 그랬던 것 같았다. 한번 만나서 딱 보기 싫은 남자가 있었고 두 번째까지는 괜찮았었는데 세 번째 만남에서 거부감이 일었던 남자들이었다.

연애결혼의 진수를 전수 받은 기분에 자신감이 차올랐다. 그 후 나는 작정하고 그 남자를 한 번 만나고 두 번 세 번까지 만나보았는데 정말 싫지 않았다. 이런 이유로 드문드문 들어오는 맞선자리에 더 나가기가 싫었다. 어느 날 엄마에게 "나 만나는 사람 있는데"라고 했더니, 다급해진 엄마가 바로 아버지께 일러서 번갯불에 콩을 구워 먹듯이 해서 만난 지 채 한 달도 안 되어서 그야말로 손도 한번 안 잡아 본 상태에서 상견례를 치르게 되었다.

상견례 자리에 그쪽에서는 나이 드신 어머니와 큰누나가 나왔고 우리 쪽에서는 엄마와 아버지가 동석하였다. 서로 나이가 찬 만큼 빠른 시일 내에 결혼을 시키자고 양가 합의를 본 후 성급하게 그날 택일까지 잡고 자리에서 일어났다. 그야말로 속전속결이었다. 어리둥절한 기분으로 밖으로 나와서 예비 시어머니께 잘 가시라고 인사를 드렸는데, 분홍 치마저고리를 입은 어머니의 모습이 낯설지 않았다.

그리고 아무 말 없이 나를 데리고 삼천포 노산 공원으로 오르는 예비 신랑을 따라서 공원 계단을 걸어 올라갔다. 나는 속으로 '뭐, 결혼 날짜까지 잡았다고 으쓱한 공원에서 한번 안아보려고 이러나?' 하며 설레었는데, 어느 정도 높이의 공원에 오르자 한눈에 바다가 훤히 내려다보이는 언덕에 그가 서서 손짓으로 저편 바다 쪽에 길게 놓인 섬을 가리키며, "저어기, 저 보이는 섬이 지금 내가 살고있는 사량도입니다" 하는 거였다.

사량도 총각이라는 건 맞선 때 들어서 알고는 있었지만, 사량도가 어디에 있는 섬인지 전혀 몰랐다가 바로 눈앞에서 가리키는 그 모습에 나는 순간 너무 놀라워서 그저 얼굴만 바라볼 수밖에 없었다. 그러면서 나는 예비 신랑의 얼굴을 바라보며 잠시 생각에 잠겼다.

'그럼 이 남자가 하늘이 정해준 나의 천생연분이란 말인가?'

바다 저편을 한참 바라보며 언덕에 서 있는 예비 신랑의 얼굴을 물끄러미 바라보니, 그토록 힘겨웠던 지난 시간이 빛처럼 스쳐 지나가는 듯하였다.

이십 대 초반부터 스며든 가슴속 안개를 걷어내기 위해서 나는 주말이면 무작정 버스를 타고 삼천포 노산 바닷가를 자주 찾았다. 바닷가의 인적 드문 곳에 있는 바위에 걸터앉아서 턱을 괴고 한없이 깊고 푸른 바다를 내려다보며 상념을 휘감고 넋을 놓은 생각에 잠겼다가 노을이 지면 자리를 털고 일어나 집으로 돌아오곤 했는데, 그 자리 그 바닷가 저편에 지금 이 남자가…. 나의 운명이 이렇게 결정되리라고는 상상도 못 했던 일이다.

노산 공원에서 내려와서 우리는 차를 타고 진주로 향했다. 한창 007 영화가 상영되고 있는 극장으로 들어가서 영화를 관람하였다. 영화관에서 처음으로 예비 신랑이 자연스럽게 내 손을 잡았다. 그런데 아무런 느낌이 없었다. 그냥 오랜 시간 함께 한 사람 같았다.

영화 한 편을 관람하고 집으로 돌아와 보니 왠지 집안이 썰렁한 분위기였다. 무슨 일인지 궁금해서 아버지가 있는 방문을 열었더니 엄마가 잔뜩 화가 나 있었다.

"엄마, 무슨 일 있나."

"니 이리 와서 좀 앉아봐라."

"아무리 시집갈 데가 없어서 고작 섬이가? 오늘 일은 없었던 거로 하고 그 남자 다시는 만나지 마라. 당장 전화해서 결혼 못 한다고 해라."

참으로 어이가 없어서 말이 나오지 않는 지경이었다. 경솔한 처신을 해놓고서 하루도 안 되어서 뒤엎는 부모님의 완강한 생각을 어떻게 받아들여야 할지 도무지 종잡을 수가 없었다. 뒷날 나는 하는 수없이 그 남자에게 부모님의 완강한 뜻을 전하는 전화를 하고 말았다. 그랬더니, 그 남자가 "영화관에서 손을 잡았을 때 가슴이 뛴 건 어떡하냐고" 했지만 '나보다 더 좋은 사람을 만나'라고 하며 전화를 끊었다.

얼마 후 그의 누나에게서 한 통의 전화가 걸려 왔다. 시름에 잠겨 있는 그의 소식이었다. 그러면서 동생을 한 번만 다시 만나주면 안 되겠냐는 부탁이었다. 부모님의 뜻을 거스를 수 없다는 뜻과 함께 그만 수화기를 놓고 말았다.

말도 안 되고 어처구니가 없는 상황이 되어 결국 그와의 결혼은 없던 일이 되어버렸고 나는 그만 그 콧대 높은 남자에게 깊은 시름만 안겨주고 말았다. 이럭저럭 한 해가 다 저물어 가는 때쯤에 맞이하는 크리스마스이브 날이 되었다. 절친한 친구 옥경이와 얼마 전 구입한 프라이드 차를 시운전해보려고 갈대가 숲을 이루고 있는 사천 바닷가 주위로 드라이브하였다.

"희야."

"응."

"얼마 전에 선 본 그 사랑도 남자랑 잘 돼 가고 있나?"라며 차 안에서 옥경이가 진전 상태를 물었다.

"아니 없던 거로 돼 버렸어."

"왜?"

"섬이라고 시집 못 보낸대."

"진짜?"

"응."

"그런데 그 남자 우찌 지내고 있는지 안 궁금하나?"

그러면서 자꾸 심란한 내 마음을 건드리는 거였다.

"전화 한번 해 보지."

"그럼 옥경아."

"우리 삼천포로 가서 그 사랑도 한번 다녀올까?"라며 옥경이가
제안을 했다.

"한 번도 안 가본 그 섬에 갔다가 혹시 배를 놓치면 우짜노."

겨우 가라앉혀놓은 마음을 들썩이게 한 그 친구의 말에 얼마 전
술에 절어서 지내고 있다는 그의 소식을 전한 누나의 말이 떠올라
순간 잔뜩 걱정되었다. 빨리 집으로 돌아가서 그에게 전화를 걸어
봐야지 하는 생각이 들어서 친구 옥경이와 급하게 헤어지고 나서
집으로 돌아왔다. 그리고 우리 집 바로 옆 병원응급실 쪽에 설치된
공중전화 박스로 가서 다소 주춤거려지는 기분이었지만 용기를 내
어 그에게 전화를 걸어보았다.

"여보세요."

'뚝'

나의 목소리를 듣자마자 그가 냉정하게 전화를 '뚝' 끊어버리는

거였다.

예상치 못한 그의 행동에 어찌나 화가 나는지 다시 한 번 더 그에게 전화를 걸었다.

"여보세요."

"왜 전화했어요?"

"나는 걱정이 돼서 전화했는데, 왜 기분 나쁘게 전화를 끊어버려요?"

내가 성난 투로 말했다.

"잘 됐으면 크리스마스 날 선물도 하려고 했는데…."

"지금이라도 부모님을 내가 한 번 더 만나보면 안 될까요?"

"안 돼예."

"신정 날 뭐 할 거예요."

대뜸 내가 물었다.

"할 거 없어요."

"그럼 우리 지리산 청학동에 다녀와요."

청학동에 다녀오자고 한 것은 순간에 스치는 내 생각 때문이었다.

결혼 적령기가 되었을 무렵 결혼 전에 '살풀이굿'을 하고 가면 좋다는 주위 사람들의 말에 '좋은 게 좋다'라는 생각으로 살풀이굿을 하였다. 굿을 하기 전날 밤에 반드시 꿈을 꿀 거라는 무속인의 말처럼 정말 신기한 꿈을 꾸었다. 여린 연둣빛의 대나무 숲이 맑고 투명한 햇살을 받으며 눈부시게 빛나고 있었는데, 그 대나무 숲 위로 '청학동'이라는 글자가 빛에 반사되어 흰 글자로 입체감 있게 크게 아로 새겨져 떠 있었다. 좋은 꿈을 꾸었다고 무속인이 말을 해 주었다.

나의 순간적인 제안으로 우리는 상견례 이후 보름 정도의 시간이 지난 후에 삼천포터미널 앞에서 아무 일 없듯이 만났다. 터미널 내에서 그가 환하게 웃고 나오는 모습은 첫 맞선 때 본 얼굴과는 다르게 쌍꺼풀진 눈에 아주 젊게 보였다. 반갑게 만나서 우리는 완행버스를 타고 청학동으로 달려갔다. 한참을 달려서 도착한 청학동은 흰 눈이 소복소복 쌓여 있었다. 버스에서 내린 일행들이 눈 쌓인 청학동 이곳저곳을 누비며 구경을 하며 돌아다녔다. 우리도 그들과 함께 생각의 휴식을 취하며 걸어 다녔다. 약간 높은 언덕을 오를 때 그가 먼저 올라가서 내 손을 잡아 끌어주었는데 아무런 떨림이 없는 그저 편안한 느낌이었다.

청학동의 하루 여행을 마치고 돌아와서 우리 집 근처에서 헤어지려는 순간 그가 술 한잔을 마시고 헤어지자고 하는데 시계를 보니 저녁 8시가 가까워지고 있었다. 안 되겠다고 하는 내 말에 그가 딱 맥주 한 병만 마시고 헤어지자고 사정을 하는 거였다. 그래서 가끔 내가 진토닉을 한 잔씩 마시러 가는 카페에 들러서 그가 원하는 맥주를 시켰다. 아침에 아무 말 없이 집을 나온 나는 마음이 조급해져서 엉덩이가 들썩였는데 그는 여유롭게 맥주를 따라

마셨다. 그러고는 한 병만으로는 모자라는지 맥주 한 병만 더 마시면 안 되냐고 하기에 이왕 마시는 거 한 병 더 마시라고 했더니 맥주 두 병을 다 마시고 난 후 약속대로 자리에서 일어나 나가자고 했다. 그런데 카페에서 나온 그가 뜬금없이 이제는 노래방에 가서 노래 한 곡만 부르고 헤어지면 안 되겠냐고 재차 조르는 거였다. 아버지가 정해 놓은 저녁 8시 통금시간이 한참 지나서 좌불안석인 내 마음도 모르고 어찌나 졸라대는지 '에라 모르겠다' 싶은 생각으로 카페 근처에 있는 노래방으로 걸어갔다. 노래방으로 들어간 안내된 방에는 화려한 조명등이 뱅글뱅글 돌아가고 있는 어두침침한 분위기에 반주곡이 흐르고 있었다. 노래방에 들어가자마자 그가 노래 선곡 안내 책자도 안 보고 아무렇게나 선곡 버튼을 누르는 거였다. '뭐지'하는 생각이 드는 순간 어니언스의 「빗속을 둘이서」 노래 반주곡이 흘러나왔다. 흐르는 반주곡에 그가 마이크를 잡고 어찌나 애절하게 열창을 하는지 그의 얼굴을 아무 생각 없이 바라보며 박수를 가볍게 쳐주며 서 있는데 순간적으로 그가 나에게 입맞춤을 해버리는 거였다.

"이렇게 해놨는데, 다른 데 시집은 못 가겠지" 하며 내 얼굴을 보며 순진하게 웃었다. 그리고 다시 마이크를 들고 흐르는 반주곡에 따라 노래를 불렀다. 열창하는 그의 모습과 노래 가사 말이 어우러져 내 마음을 움직이게 하였고 그 가사 말처럼 함께 하고 싶은 생각이 서게 되었다.

'그래, 이 남자에게 시집가야지.'

통금시간이 한참을 지난 9시 반경쯤에 현관문을 열고 집 안으로 들어와 보니 아무런 인기척도 없이 조용하였다. 아무런 내색 없이 내 방으로 들어와서 쉬다가 잠이 들어 버렸다. 뒷날 아침 아직 잠이 덜 깬 상태로 누워있는 나에게 엄마가 내 방문을 열고 얼굴만 내밀면서 "아버지가 니 좀 보잔다"는 말을 던져놓고 바람을 일으키며 방문을 내닫고 가 버렸다. 잠이 덜 깬 부스스한 얼굴로 아버지 앞으로 가서 무릎을 꿇고 앉자 물으셨다.

"니 어제 어데 갔다 왔노?"

옆에 앉아있던 엄마가 심술 맞게 코러스를 넣었다.

"어데 갔다 와요, 이게 어데 잘 나가도 안 하는데, 그놈 만나고 왔지."

"맞나?"

"예."

크게 숨을 들이쉬고 난 아버지가 조용히 지도 한 장을 내 앞에 펼쳐 놓았다.

"사량도가 이 지도상에도 안 나와 있다. 딸을 키워서 아무려면 이름도 없는 섬으로 우찌 시집을 보내것노."

"남해만 해도 보내것다."

"니 생각은 어떻노."

"그 남자 아니면 이제는 선도 안 보고 결혼도 안 할랍니더."

"그럼 평생 살아가면서 부모 원망 안 할 자신 있나."

"예, 원망 안 하겠습니더."

"그럼 니 알아서 해!"

나의 확고한 대답이 끝나기가 무섭게 아버지가 큰소리로 화를
내시며 돌아앉으셨다.

조용히 방문을 열고 나와서 내 방으로 돌아왔다. 나를 뒤따라
나온 엄마가 내 방으로 들어와 앉으면서 물었다.

"니 꼭 그놈한테 가야 되것나?"

"엄마 우리 날 잡으러 같이 가자."

"그것도 니가 알아서 해라!"

엄마가 방문을 열고 휙 나가버렸다.

나는 언제 또 부모님의 마음이 바뀔지 몰라서 평소에 잘 알고 있
었던 '동양학 연구소' 소장님께 급한 마음으로 찾아가서 궁합도 보
고 길일의 택일을 받아왔다. 이리해서 아홉수를 겨우 피해서 나는
설이 되기 전에 결혼식을 올렸다.

부부

나의 왕국을 건설하는 일이 결혼이다

장미꽃이 피어나는 오월은 가정의 달이다. 꽃도 가정의 소중함을 아는가 보다. 장미꽃의 꽃말이 '사랑'이지 않은가. 정열적인 뜨거운 사랑 만이 사랑이 아니다.

서너 번의 만남 끝에 나의 굳은 의지로 우리는 결국 결혼하게 되었다. 신부 드레스를 입으러 미장원으로 가는 그 순간까지 엄마의 성은 가라앉지 않았다.

스스로 생각하기에 결혼은 '나의 왕국을 건설하는 일'이었다. 선택에 대한 후회는 없다. 다만 책임감을 가질 뿐이었다.

결혼 전의 반대와는 다르게 신혼 여행을 다녀와서 정말 시댁으로 시집을 가는 날 친정아버지께서 함께 사량도로 동행을 해주셨다.

푸른 물결이 넘실거리는 바다를 가로저어 도착한 그곳은 마치 한 폭의 풍경화를 연상케 하였다. 선착장 어귀에는 빨간 깃대를 꽂은 배들이 줄지어 정박하고 있었고, 유난히 선상 위의 빨간 깃대가 내 마음을 끌었다. 선창에서 조금 멀리 떨어진 곳에 시댁이 있었다. 대문이 없는 시댁은 집안이 한눈에 들어올 정도의 조그마한 돌담집이었다. 집 안으로 들어갔더니 미리 와 계시던 친지분들이 반갑게 맞이해 주셨다. 친정아버지는 시댁에 얼마 머무르시지 않고 방안에 들어 앉아있는 나를 보며 "잘 살아라" 하시고 집으로 돌아가셨다.

몇 년이 지난 후 아버지께서 웃으시며 하시는 말씀이 "지금 니가 잘살고 있으니 이제사 하는 말이다. 그날 너를 시댁에 두고 돌아서오는데 어찌나 서글픈지 뱃전에서 눈물을 훔쳤다."

하지만 아버지의 마음과는 달리 시집가던 날 나는 그 시댁의 돌담집이 첫눈에 반해서 너무 정겹고 좋았다.

저녁이 되자 집안에 모인 친지분들이 차려진 술상 주위로 빙 둘러앉아 신랑과 신부를 열렬히 환영해 주는 분위기였다. 술상에 놓인 젓가락으로 신나게 장단 맞춰 방안을 들썩이며 노래를 불렀고, 취기가 달아올라 분위기가 무르익자 모두 자리에서 일어나 환한 전등불 아래에서 손가락 장단에 맞추어서 신명이 드높았다. 그때 어느 한 사람이 "오늘 시집온 새색시 노래 한 번 불러봐라" 주문을 넣었다.

노랑 저고리에 다홍치마를 입은 내가 그 분위기에 젖어 부끄러움

도 모르고 「닐리리 맘보」 노래를 목청껏 불렀다. 전등불이 졸음에
지쳐 흐느적거릴 때까지 방안에는 흥이 가라앉지 않았다.

지독한 사랑

배신

인연도 마음을 다루는 연마의 기술이 필요하다

천생연분의 인연도 마음을 다루는 연마의 기술이 필요했다.

신혼생활이 시작된 지 한 달여가 지나서 나는 남편의 내면을 엿볼 기회를 얻었다. 섬 생활의 고난을 염려한 엄마가 그토록 결혼을 반대하였기에 나는 결혼과 동시에 직장을 그만두라는 아버지의 만류에도 불구하고 다니던 직장을 계속 다닐 계획을 세웠다. 삼천포에 신혼집을 마련해서 때가 되면 육지로 발령이 날 남편을 생각해서 힘들어도 이렇게 살기로 마음먹었다. 남편은 아침저녁으로 배를 타고 출퇴근을 하는 애로를 겪었다. 바람이 불거나 안개가 끼면 배가 운항을 하지 않아서 남편은 일주일에 서너 번은 집에 못 들어오는 형편이었다.

어느 날 퇴근 시간이 지나도록 남편이 전화도 없이 귀가하지 않았다. 배를 놓친 모양이었다. 텅 빈 집에서 혼자 있으려니 왠지 마음이 허전하였다. 방에서 거실로 서성이고 있는데, 문득 큰방 서랍장 내에 쌓여 있던 몇 권의 수첩이 떠올랐다. 곧바로 큰방으로 들어가 서랍장 문을 열어 방바닥에 수첩을 꺼내 놓고 한 권씩 읽어보았다. 한 두어 권 읽어보았는데, 그 수첩에는 남편이 첫 직장생활에서 지녔던 애착과 성실함이 곳곳에 일기처럼 적혀있었다. 속으로 '참 괜찮은 사람이네'하는 생각에 흐뭇했다. 연애결혼도 아니고 서너 번 만나서 결혼하였기 때문에 솔직히 어떠한 성향을 띤 사람인지 서로를 잘 알지 못했으니까.

그런데 세 권째 집어 든 수첩의 중간쯤에서 눈동자가 고정되었다.

'토요일 오후 빨리 인자를 만나러 가야지'로 시작되는 몇 줄의 글은 첫사랑의 풋풋한 향기를 그대로 적어놓은 일기였다. 나 또한 그 감정 속으로 빨려들어 가 눈웃음을 지으며 재미있어하였다.

'이런 추억이 있는 남자였구나. 살아가는 동안 이 추억만으로도 행복하겠네' 하는 생각으로 수첩을 접었다. 뒷날 남편이 정상적으로 퇴근해서 귀가했다. 하지만 남편의 소중한 추억을 퇴색시키고 싶지 않아서 내색은 하지 않았다. 다만 전혀 몰랐던 남편의 내면을 조금이라도 알고 나니 신뢰감이 생겨나서 나름 뿌듯했을 뿐이다. 그런데 며칠이 지나지 않아서 사달이 나고 말았다.

수없이 맞선을 본 남자 중에서 유일한 동갑내기 남자로부터 결혼한 지 채 한 달이 안 되는 때쯤에 사무실로 전화가 걸려 왔다. 첫 말이 "결혼했어요?"라고 물었다.

"네, 결혼했어요"라며 사실대로 대답해주었더니, "뭐가 급해서 그리 빨리 결혼했어요." 한다.

버럭 화를 내고 나서 전화를 끊어버렸다. 끊어버린 수화기를 들고 있으니까 철없는 아이 같이 화를 내고 울 것만 같은 그 모습이 그려져서 순간 웃음이 터져 나왔다.

그날 저녁 남편과 마주 앉아서 저녁밥을 먹는 중에 내가 오늘 있었던 이야기를 꺼내며 남편에게 말을 걸었다.

"당신은 나보다 더 맞선을 많이 봤을 건데. 혹시 전화 오는 여자분 없어요?"라고 물었다.

순간 남편이 시무룩한 표정에 고개를 떨구더니, "있다"라고 하였다. 그러면서 덧붙인다.

"한 달에 한 번씩 안부까지 주고받는다."

"그럼, 당신 결혼했다고 했어요?"

"아니, 아직 안 했다."

멍을 때리는 남편의 말에 나는 들고 있던 숟가락을 밥상에 내려놓고 말없이 밥상머리에서 일어나 그대로 방으로 들어가 버렸다. 결혼한 지 한 달이 다 되어가는데도 이제까지 마음의 선을 긋지 않고 무책임하게 처신하는 남편이 너무 실망스러워서 엄청 화가 났다. 조금씩 싹트고 있던 모든 감정이 한꺼번에 사라져버리는 심정에 이혼까지 할 생각이 들었다. 씁쓸한 기분에 후회가 막심하였다. 그 부모의 반대를 무릅쓰고 고집스럽게 결혼한 내가 한심스러웠다. 거의 일주일째 말을 섞지 않고 지내다가 토요일 날 꽉 막힌 기분전환을 위해서 미장원에 들러 머리염색을 하고 평소보다 늦게 집으로 돌아왔다. 현관문을 열고 들어서니까 남편이 먼저 퇴근을 해 집에 와 있었다. 눈도 마주치지 않고 집안으로 들어서는 나에게 "머리 염색 했네, 예쁘게 잘됐네!" 남편이 먼저 말을 걸어왔지만 나는 못 들은 척하며 방으로 들어와서 화장대 앞에 우두커니 앉아있었다. 잠시 후 남편이 방문을 열고 들어와서 내 앞에 멋쩍게 서더니 조그마한 쪽지를 내게 내밀어 주었다.

"오늘 나 결혼했다고 말했다. 집사람이 싫어하니까 더는 연락하지 말자고 했다. 안 믿기면 그 전화번호로 확인 한번 해봐라."

이러는 거였다. 어이없는 남편의 말에 그 쪽지에 적힌 메모를 얼핏 보니

'011-0000-0000 인자'

'인자'

남편의 그 수첩에서 본 그 이름이었다. 그 메모지를 들고 의자에서 일어나 내가 남편에게 빈정거리듯이 말을 던져주었다.

"인자, 참 촌스런 이름이네요. 내가 전화 한번 해 볼게요" 하며 또다시 빈정거렸다.

그 메모지는 화장대 서랍 속에서 한동안 내 마음을 저울질하다

가 어느 정도 내 마음이 추슬러지고 안정을 되찾던 시기에 조용히 휴지통으로 사라져버렸다.

누구나가 다 가슴에 시 한 편 정도는 써 보지 않았을까 한다. 하지만 그 시는 가슴속 자기 영역 안에서만 아름답게 빛을 발할 뿐이지 결혼 후에는 현재형이 되어서는 안 된다고 생각한다.

사랑은 두 사람이 마주 쳐다보는 것이 아니라
함께 같은 방향을 바라보는 것이다.

- 앙투안 드 생텍쥐페리

불새가 날아들다

남편의 때늦은 고백에도 마음이 쉽사리 돌아서지 않았다. 서먹 서먹한 기분에 우울하기까지 했다. 이대로 살다가는 불행할 것만 같았다. 어떡하면 이 감정에서 완전히 벗어나 원만한 결혼생활을 시작할 수 있을까 무척 고민에 빠지기도 하였다. 그러던 어느 날 머 릿속으로 번뜩이는 생각이 순간 스쳐 지났다.

'그래, 내가 사랑해 버리면, 돼지 뭐! 그럼, 남편이 날 좋아하든 안 하든 상관없이 나는 행복하겠지.'

스치는 생각에 잠긴 나는 결혼의 이 위기에서 한 줄기 빛과 같은 전환점을 찾게 되었다. 이 전환점의 열쇠는 바로 사진을 이용해서 주문을 걸어보는 심리학이었다. 이 심리학은 예전에 이종 오빠가 일러준 것이었는데 상당한 효과를 본 경험이 있었다. 입가에 번지 는 회심의 미소와 함께 희망이 생겨나기 시작했다. 당장 결혼 앨범 을 뒤적여 보았다. 남편과 다정하게 찍은 사진 한 장을 골라보니 마 땅히 눈에 띄는 사진이 없었다. 남편이 결혼 당시에 몸무게가 55kg

의 빼빼 마른 모습이었기에 대체로 앙상한 얼굴이었다. 개 중에 '고성 상족암'에서 사진 삼각대를 놓고 사량도를 배경으로 나를 뒤에서 껴안고 찍은 사진이 마음에 들었다. 그 사진을 사무실 책상 유리판 밑에 내가 바로 내려다볼 수 있는 위치에 넣어두었다. 그리고 집에서는 큰방에 걸어 놓은 결혼사진을 이용해서 '사랑의 주문'을 걸어보기로 마음먹었다.

별똥별이 떨어지는 순간에 소원을 빌면 그 소원이 이루어진다는 말이 있듯이 그 짧은 순간에도 간절한 소원을 빌 수 있다는 것은 자나 깨나 그것만을 생각하고 준비해 왔음을 의미한다고 하였다. 나는 두 장의 사진으로 매일 같이 '사랑의 주문'을 걸었다. 아침 출근을 하면서 큰방 벽에 걸려있는 신혼 사진 속의 남편 얼굴을 바라보며

"신랑 사랑해, 지금 나 출근해요."

사무실에 도착해서는 책상 의자에 앉자마자 맨 먼저 책상 유리판 밑에서 웃고 있는 사진 속 남편의 얼굴을 손으로 어루만지며

"신랑 많이 사랑해, 나 방금 도착했어요."

시도 때도 없이 하는 '사랑의 주문'은 나의 일상이 되었다. 어느 날 점심을 먹고 사무실 내로 들어와서 내가 의자에 앉으려고 엉거주춤하는데 바로 정면에서 눈 깜짝할 사이에 나를 향해서 커다란 불덩이가 '훅' 하고 가슴에 날아들었다. 그 순간 신기하게도 가슴이

따뜻하게 데워지면서 남편을 사랑하는 마음이 거짓말처럼 일어났다. 간절한 나의 소원이 이루어지는 상황이었다. 그때가 어림짐작으로 해서 석 달 열흘쯤 되는 시기였던 것 같다. 믿거나 말거나 그런 현상이 내게 일어난 이후부터 나는 눈에 콩깍지가 끼어서 남편을 아낌없이 사랑하는 대반전이 일어났다.

이후 나는 또 다른 생각을 가지게 되었다. 내가 사랑하게 된 남편을 행복하게 해 주고 싶었다. 얼굴에 늘 수심이 가득한 남편을 위해서 내가 할 수 있는 게 뭐가 있을까를 골똘히 고민해 보았다. 생각 끝에 연로하신 남편의 부모님과 일찍 아버지를 여읜 어린 조카들을 위해서 최선을 다해 주면 남편의 마음이 행복해질 수 있을 거라는 확신이 들었다. 남편이 내게 결혼해서 맨 먼저 '부창부수'가 뭔 줄 아느냐고 물었듯이 말 그대로 남편의 마음을 헤아려 그 뜻을 따라 하는 거였다.

사랑은 나의 영혼을 누군가에게 던지는 것이다.

- 라시안

불새

남편과 세 번의 만남 끝에 인생의 첫 문을 열었다
결혼 후 낯선 밤을 홀로 지새우던 날
서랍장 속에 쌓여 있던 몇 권의 노트 속에서
남편의 오래된 기억을 꺼내 읽었다

새로 산 노트를 펼치는 기분으로
노트의 줄 칸들과 눈을 마주치며
나는 이런 사람이라고 줄 칸에 섬처럼 앉아 있는 남편에게
고개를 끄덕이며 회심의 미소로 답을 하려는 순간
첫사랑의 여인이 노트 속에서 성큼 걸어 나왔다

신혼의 줄 칸을 메웠던
남편의 속내가 궁금해 가슴속에 새겨진
마음의 풍경에 탁본을 떠보던 날
아련했던 남편의 흔적들이 선명하게 찍혀 나왔다

새로운 노트를 펼쳐 들기까지

파도의 몸짓처럼 묵은 마음들을 수없이 지우고 다독였다

새로운 노트의 첫머리에 연필을 대는 순간

사랑해(海)의 주문을 적어 보았다

글자는 주문이 되어 가슴을 데웠다

석 달 열흘쯤 되던 날에 불새 한 마리가 가슴에 날아들었다

불새는 빛을 물고 날아들어 파랑새의 깃털을 세웠다

그 후로 불새는 지금껏 빛이 되어

사랑해(海) 바다 위를 끝없이 날고 있다

만남

배려

조물주가 열 가지 복은 다 안 준다

결혼 전 아버지께서는 철학적인 말씀을 자주 해 주셨다. '자식은 정신력을 강하게 길러주어야 한다'는 말씀과 함께 일 처리를 제대로 못 하는 경우에는 거침없이 '정신이 썩어서 그렇다'라며 질책을 하셨다. '호랑이를 잡으려면 호랑이 굴로 들어가라' 하셨다. 그리고 인생을 살아가면서 내게 뭔가 부족한 게 있다 싶으면 '조물주가 열 가지 복은 다 안 준다'는 말을 되새겨보라고 하셨다. '사람답게 살아야 한다'는 게 아버지의 인생 조언이었다.

나에게 '아버지'는 부처님 다음으로 존경하는 분이다. 전교 일 등을 놓치지 않을 만큼 공부에 대한 열의가 대단하셨던 분이기도 하다. 자식들의 공부가 성에 차지 않아서 늘 불만이었지만 밥상머리 교육만큼은 『논어』가 무색할 만큼 시키셨다.

결혼한 지 한 두어 달쯤 금융 업무를 하는 직장에 다니는 동생이 "형부, 채무확인서 한번 떼 봐라" 하는 거였다.

"니는 참, 좀 그렇다."

"몇 번 만나지도 않고 결혼을 했는데, 우찌 사람 무안하게 그러노?"

"남자 직원들 대부분이 채무가 많더라."

"그래도 안 할란다."

"뒤통수 맞지 말고 미리 확인해보는 게 좋을걸?"

동생의 뜬금없이 던지는 말에 마음이 뒤숭숭하였다. 아직 정도 들지 않은 남편에게 '채무확인서'를 떼어달라는 말은 차마 입 밖에 나오지를 않았다. 잊을 만하면 동생이 깐죽거리면서 화를 돋우는 거였다. 그런 연유로 남편에게 용기를 내어서 "채무확인서 한 통만 떼어주세요"라고 말을 던져놓았다. 그런데 한 달이 지나도록 '채무확인서'를 떼어주지 않는 거였다.

동생에게 말을 했더니, 더욱더 깐죽거리면서 말했다.

"봐라, 형부도 뭐가 있다. 우찌해서라도 한 통 떼어달라고 해라."

그 말에 퇴근해서 돌아온 남편에게 다그쳤다.

"아니, 채무확인서 한 통 떼어달라고 했는데 왜 여태 안 줘요?"

다그치는 내 말에 남편이 양복 안쪽 호주머니에서 서류 한 통을 슬그머니 꺼내어 내게 내밀어 주는 거였다. 발행 일자를 보니 내가 말한 일주일 뒤의 날짜가 적혀있었다. 남편의 성의가 고마워서 내용도 안 보고 저녁 밥상을 차려서 저녁을 먹었다.

다음 날, 사무실에 출근해서 어제 남편이 건네준 '채무확인서'를 확인을 해 보니 눈에 띄는 내용이 앞자리 숫자가 동일한 코드 번호가 네 개가 나란히 적혀있는데 금액을 합산해보니 큰 금액이었다. 그때까지만 해도 현실 인식이 되지 않아서 퇴근해서 집으로 돌아온 후 동생에게 전화를 걸어 그 궁금했던 숫자가 나타내는 계정과목이 뭐냐고 물어봤다.

"대출금 코드 번호다."

"왜?"

"아니."

전화를 끊고 나니 머리가 '멍' 했다.

'도대체 이 큰돈을 어디에 다 썼을까?'

하는 의문이 생겨나기 시작했다. 남편이 일찍 퇴근해 돌아오기만을 조바심을 내고 기다리고 있는데 현관문을 여는 소리가 들렸다. 퇴근해 온 남편이 옷을 벗고 씻고 하는 동안 저녁 밥상을 차리면서 속으로 어떻게 말을 꺼내야 할지 무던히 참고 고민을 하였다. 저녁밥을 다 먹은 후에 내가 남편에게 조용히 물었다.

"근데, 저 큰 금액을 어디에 다 썼어요?"라고 하는 말에 남편이 내게 "나이가 들어서 경제력이 없는 노부모 생활비로 조금 도와주고 바로 위의 형님이 큰 병을 앓고 있을 때 좀 도와주고 조카들 좀 돌봐주고 결혼할 돈이 없어서 그때 당시에 '멍게 사업'에 투자했다가 본전도 못 건지고 실패를 하고, 그리고 결혼 비용으로 썼다"며 미안해하며 말했다.

　남편의 구체적인 해명을 듣고 나니 화가 나는 게 아니라 마음속
으로 '이런 인간적인 남자랑은 한 번 살아볼 만한 거 아닌가?' 하는
생각이 들어서 더 따지고 묻지 않았다. 그런데 좀 걱정스러운 것은
그 큰돈을 모두 갚으려면 내 아이가 태어나서 초등학교에 입학할
시기가 되어야만 할 것 같았다. 그 정도의 햇수가 걸릴 만큼 큰 금
액이었다.

　그 큰 금액은 내가 예상한 시기쯤에 다행히 모두 완제가 되었
다. 그런데 또 다른 복병이 숨어서 늘 숨통을 쪼이고 있었다. 남편
이 결혼 전에 외조카 두 명에게 신원보증을 선 대출금이 연말만 되
면 원금 연체이자를 물게 되는 지경이었다. 한 건은 겨우 발을 뺐
지만, 나머지 한 건이 내내 애를 먹이다가 결국 연대보증인 우리에
게 변제금액으로 돌아오고 말았다. 그때 내가 서른일곱 늦은 나이
에 아들이랑 일곱 살 터울의 딸을 고생 끝에 낳은 해였다. 신경이
예민한 탓에 단독주택에서 이 층을 세를 놓지 않은 상태로 살고 있
다가 변제금 마련을 위해서 부득불 세를 놓은 전세금과 일부 대출
금으로 변제하였다. 미안해서 어쩔 줄 몰라 하는 남편에게 단 한 번
도 난 바가지를 긁지 않았다. 왜냐면 돈보다도 내게는 남편이 더 소
중한 존재였고 딸을 어느 정도 키우고 나서 함께 벌면 능히 갚아낼

수 있을 거라는 자신감이 생겼기 때문이다.

그런데 예상치 못한 또 다른 복병이 연이어 나타났다. 남편의 직장에 업무감사가 들이닥쳤는데 10년간을 소급해서 업무감사를 받아야 하는데 1억 정도의 변상금이 예상된다는 남편의 말이었다. 그 말을 듣는 순간 어안이벙벙하였지만 힘겨운 표정 관리로 남편에게 내색은 하지 않았다. 하지만 남편이 출근하려고 대문을 나가자마자 난 그만 울고 말았다. 주체할 수 없는 기분을 안고 동생에게 전화를 걸었다. 우는 이유를 듣고 난 동생이 진주로 바로 올라오라는 거였다. 자기가 잘 아는 철학관에 가서 남편의 운세를 한번 거쳐보자는 거였다. 백일도 안된 딸을 업고 진주 지하상가에서 동생을 만났다. 기저귀 가방을 어깨에 메고 포대기로 딸을 업고 맨얼굴로 서 있는 나를 보더니 동생이 기가 막혀서 '야옹이' 가게에 들러서 예쁜 분홍색 기저귀 가방을 사 주었다.

"이제 좀 괜찮아 보이네."

"철학관에 가서 물어보면 된다. 울지 마라."

동생과 철학관에 들러서 남편의 올해 운세를 점을 쳐보니 변상금은 떨어지는데 1억 정도가 아닌 5천만 원 정도 떨어질 거라는 점괘가 나왔다. 5천만 원이라는 점괘에 막혔던 가슴이 시원스레 뚫리는 기분이었다. 철학관 선생님이 일러 준 방침대로 방침 할 물건을 사려고 중앙시장으로 가서 한두 가지 사서 집으로 돌아온 후에 남편이 퇴근해서 돌아오기 전까지 서둘러서 장롱 위에서부터 집안 곳곳에 방침을 해 두었다.

업무감사를 받은 한 달 후쯤 퇴근한 남편이 저녁밥을 다 먹고 난 다음 내게 힘없이 말을 하였다.

"변상금이 떨어졌다."

속으로 쾌재를 부르고 있었던 나는 덤덤하게 물었다.

"얼마 떨어졌어요."

"으음, 천사백만 원."

5천만 원도 아닌 천사백만 원이라는 말에 웃음이 나왔다.

"그래요, 그럼 당장 적금 넣던 거 해지해서 변상해버려요."

그 주가 지난 월요일 날 저녁밥을 먹은 후에 남편이 방으로 들어가더니 통장을 들고나왔다.

"여기."

"오늘 적금 해지해서 변상했다."

하면서 해지된 통장을 내게 내밀어 주었다.

"잘했네요."

라고 말은 했지만, 그 무효 통장을 받아들고 나니 어찌나 서운한지 울 것만 같았다.

한 푼이라도 아껴서 빚을 갚기 위해서 얼마나 내가 짠순이 짓을 하며 살았는데, 두 달만 넣으면 적금을 탈 수 있는데 하는 생각을 하니 그날만큼은 감정을 억누르지 못하고 설거지를 마친 후에 조용히 지갑에 든 3만 원을 들고 옆문을 통해서 무작정 대문 밖으로 나와버렸다. 골목길을 내려오는데 통영으로 이사를 와서 딸을 키우고 살림을 하느라고 시장 이외에는 대문 밖을 잘 나가지 않아서 통영 지리에 대해서는 아무것도 모르는 상황이었다. 하지만 지금은 아무도 없는 곳에 잠시 숨고 싶은 마음뿐이었다. 오직 숨고 싶은 한 가지 생각만으로 길을 걷는데 통영에 이사를 와서 남편이 드라이브를 몇 번 시켜주었을 때 유독 눈에 띈 노래방이 있었다. 외관이 예술적인 멋이 돋보이는 조각의 부조로 이루어진 노래방이었다. 그 노래방에 마음이 이끌려 노래방 영업을 하기에는 좀 이른 시간에 무작정 노래방 문을 열고 들어갔다. 안내된 방으로 들어가서 우두커니 앉아있으니까 주인장 아주머니가 문을 열고 얼굴을 빼꼼히 내밀더니, 대뜸 "부킹 시켜줄까요?" 하는 말에 어찌나 놀랐던지 그때부터 불안하고 무서워서 혼자 앉아있을 수가 없었다. 노래방 문을 걸어 잠그려고 하는데 외관과는 다르게 방문이 낡아서 제대로 닫히지를 않았다. 힘껏 끌어당겨서 닫은 후에 혼자만의 생각에 잠겼다.

'내가 왜 그토록 완강한 부모의 반대를 무릅쓰고 이 남자에게 시집을 왔을까?' 하는 생각을 하고 나니 여태껏 돈 때문에 힘겹게 지

내 온 시간이 떠오르면서 눈물이 장맛비처럼 가슴을 뚫고 쏟아져 내렸다. 한참을 울었던 것 같다. 어느 정도 눈물을 쏟아내고 나니 저절로 드는 생각이 있었다.

'그래, 그 「빗속을 둘이서」 그 노래 때문이었지!' 하는 마음에 노래방 기기에 그 노래를 입력할 수 있는 횟수만큼 입력을 시켜서 그 노래를 들어보았다. 노래 가사 말처럼 노래방 기기 배경 화면에도 비가 쏟아져 내려서 함께 우는 듯하였다. 한참을 듣다가 이제는 마이크를 잡고 일어나서 한 곡 따라 불러보았다.

결혼 전에 남편이 이 노래를 열창하며 불렀을 때 '이 남자에게 시집을 가야지'하는 마음이 생겨났던 그때를 회상하며 나도 열창을 하며 불러보았다. 그랬더니 남편의 선한 얼굴이 떠오르면서 눈물이 잦아들었다.

'그래, 괜찮아. 돈 빼고는 다 가지고 있잖아. 직위 높은 남편에 아들도 있고 딸도 있고 집도 있고 차도 있고.'

내가 아가씨였을 때 원했던 이상형이 아침에 양복 입고 출근하는 남자, 능력을 펼칠 수 있는 진취적인 남자였다. 남편은 내가 바랐던 이상형에 걸맞게 나의 기대를 충족시켜주었다.

친정아버지가 늘 일러주었던 '조물주가 열 가지 복은 다 안 준다'는 지혜의 말을 떠올리며 가벼운 마음으로 노래방 문을 열고 나왔다. 집으로 걸어오는 길에 호프집이 눈에 띄어서 호프집에 잠시 들러서 시원한 생맥주 한 잔을 시켜서 조금 마시고 바로 일어나서 발걸음을 재촉하며 집으로 돌아왔다. 불이 꺼진 대문을 살며시 열고 집으로 들어오는데,

"생각보다 일찍 오네."

남편이 어두컴컴한 화단 가 귀퉁이에 앉아서 내게 하는 소리였다. 말없이 다가가서 남편 옆에 살며시 앉았다.

그러자 남편이 내 손을 잡으며 말했다.

"이제 더 큰일이 있것나. 미안하다."

'조물주가 열 가지 복 중에서 빼놓은 것을 채워 넣는 작업이 아마도 결혼의 묘미가 아닐까 싶다.'

구름이나 소나기가 없이는 결코 무지개가 서지 않는다.

- J.H. 빈센트

술 한잔에 담긴 약속

빈 술잔에 공손히 술 한 잔을 따랐다

신혼 여행을 다녀온 지 얼마 되지 않아서 남편이 시댁에 제사가 있다고 하였다. 누구의 제사인 줄도 모르고 제삿날에 시댁에 갔었다. 으슥한 밤이 되자 시댁 작은방에서 제사상이 차려지고 모두 방문 앞에서 절을 하며 숙연한 모습을 하고 있었다. 그 모습을 지켜보던 내가 어느 분의 제사인지 궁금해서 제사상 위에 놓인 영정사진을 문 쪽에서 슬쩍 바라보다가 그 자리에서 그만 주저앉을 뻔하였다.

내가 맞선을 보러 다닐 때쯤 나는 안경 대신 콘택트렌즈를 착용하였다. 안경을 낀 모습이 외모적으로 볼 때 좋은 인상을 줄 수 없다는 아버지의 지론 때문이었다. 신혼 여행을 다녀온 직후부터는 나는 콘택트렌즈 착용이 불편해서 렌즈 착용을 거의 하지 않고 생활하고 있었다. 그 제삿날에도 렌즈 착용을 하지 않고 갔다. 영정사진 속 남자로 보이는 얼굴이 빛이 분산되어 퍽 퍼져 보이는데 어찌나 무섭게 보였던지 온몸이 오싹했다. 그러자 밖에서는 시어머니가 대성통곡을 하며 서럽게 우는 소리가 들려왔다. 문을 열고 밖을 내다보니 시어머니가 어두컴컴한 변소 쪽에서 눈물을 닦으시며 걸어나오는 거였다. 생각지도 못한 어리둥절한 상황에 그제야 남편에게 물어보았다.

"도대체 누구 제사예요?"

"형님 제사다."

남편의 바로 위에 형님이 어린 아들 두 명을 남겨두고 청춘의 나이에 돌아가신 후 두 번째 맞이하는 제사임을 알게 되었다. 뒷날 시어머니께서 "이제는 이 제사를 너희가 가져가서 지내라"라고 하셨는데 쉽게 받아들일 수 없었기에 나는 대답을 해 드리지 못했다.

결혼해서 남편과 종종 다투었던 부부싸움의 원인 중 대부분이 이 제사와 시부모님이 돌아가신 후에 지낼 제사 문제였다. 칠 남매 막내아들에게 홀가분한 마음으로 시집을 왔는데 번번이 이 제사 문제를 들추어내어 나를 중압감에 시달리게 하였다. '집안의 위계를 무너뜨리면 안 된다'는 게 나의 지배적인 생각이었기 때문에 남편의 집요한 집착에도 나는 수용하지 않았다. 시부모께서는 늘 막내아들 자랑이 심할 정도로 들먹이셨다. 자연스레 제사도 막내아들이 지내 줄 거라고 의지하는 듯하였다. 이런 느낌이 들 때마다 나는 말했다.

"제사는 못 지내드립니더. 시숙이 세 분씩이나 살아있는데, 말이 됩니꺼? 집안에 위계질서가 있어야지. 아예, 생각도 하지 마이소."

매몰차고 당차게 매번 내뱉는 말에 시부모께서는 아무런 대답도 못 하셨다. 이런 일이 번복되다 보니 서로가 마음이 불편하였다. 마음이 무거운 나는 시댁에 가는 게 부담스러웠고 어쩌다 시댁에 가게 되면 시부모께 소원한 감정을 지니게 되었다. 이 막내며느리의 소원한 감정을 알아차리신 시아버지께서 어느 날 무겁게 종지부를 찍어주셨다.

시아버지는 매일 작은 목선을 타고 바다로 나가셨다. 집으로 돌아오실 때면 자그마한 그물 쪽 대에 반찬거리 해산물을 그득하게 채워오셨다. '며느리 사랑은 시아버지다'는 말이 있듯이 시아버지는 막내며느리인 나에게 깊은 정을 심어주셨다. 수돗가에서 팔딱거리는 생선을 다듬는 모습을 옆에 앉아서 지켜보고 있으면 비늘을 싹싹 벗겨내어서 회를 만들어 주셨다.

"자! 한번 먹어봐라, 처음 먹어보제?"

"네."

난생처음 갈치 고등어 회 맛을 느껴보니 정말 맛있었다.

"아버님, 정말 맛있어예."

"그러나, 허허허 아이구 내 자석아, 니는 내 자석이다."

시아버지와 수돗가에서 정겹게 바다를 다듬어서 시어머니께 드리면 어머니는 매운탕을 보글보글 끓여서 저녁 밥상을 마련해 주셨는데, 그 맛은 바다를 통째로 느껴보는 맛이었다. 하루는 어린 아들에게 바다를 보여주고 싶은 마음에 시아버지께 배를 한번 타보고 싶다고 말씀을 드렸더니, 단번에 '그러마' 하셨다. 날이 좋은 날에 아직 세 살을 채우지 않았던 아들과 함께 시아버지 목선에 올라서 푸른 바다 위를 거닐었다. 시퍼렇게 일렁거리는 물결을 타고 한참을 가다가 어느 지점에서 배를 멈추었다. 그곳에서 시아버지는 바다에 떠 있는 소주 페트병을 자꾸 잡아당기시는 거였다.

'바다에 빈 소주병까지 다 버리다니.'

속으로 바다를 오염시키는 사람들이 미웠다. 그런데 시아버지가 잡아당긴 소주 페트병에 통발이 달려서 올라오는 거였다. 뱃전에 끌어올린 통발의 끈을 풀어헤치니까 팔딱거리는 갖가지 해산물이 쏟아져 내렸다. 팔딱거리는 고기를 보자마자 어린 아들이 신기해서 괴성을 지르며

"야! 물고기다. 엄마, 물고기가 살아있어!"

"응, 그렇지."

"이건 물고기, 이건 꽃게, 이건 불가사리, 이건 문어, 이건…."

시아버지가 풀어놓은 해산물을 가지고 아들과 재밌게 바다 공부를 하고 있는데 게 중에 험상궂게 생긴 물고기 한 마리가 꼼짝을 않고 있었다. 그래서 손가락으로 '툭' 건드려 보았더니, 순식간에 팔

딱하면서 '톡' 쏘는 거였다. 잠시 후 톡 쏘인 손가락 끝이 어찌나 찌릿찌릿하게 아려오는지 눈물이 그렁하였다. 물질을 계속하시던 시아버지가 손가락을 움켜잡고 울상을 짓고 있는 내 모습을 보시더니 말씀하셨다.

"많이 아푸제. 쑤구미한테 쏘이면 많이 아프다. 허허허."

손가락이 아파서 죽겠다는 말에 시아버지가 하시던 물질을 그만 멈추시고 뱃머리를 돌려서 선착장으로 돌아왔다. 배에서 내려서 뒤도 안 돌아보고 집으로 달음박질을 쳐 오는데 길목에서 집안 아재를 만났다.

"형수 와 그라요?"

"쑤구미한테 쏘여서…."

"하하하 쑤구미한테 쏘이면 소금에 손을 넣고 있으면 돼요."

그 아재 말에 더 급하게 뛰어서 시댁에 다다른 나는 아래채 미닫이문을 열고 문 앞에 놓여있는 소금 자루를 열어 그 속에 급하게 손을 파묻고 숨을 죽이며 소금 자루를 안고 눈물을 글썽이며 한참을 앉아있었다. 어부의 막내며느리가 되어 즐겼던 바다의 풍미는 한 편의 시처럼 아름다웠다.

하지만 어느 날 나는 시아버지의 침울한 표정과 마주하였다. 그날도 시아버지는 물질하시고 점심때에 맞추어서 그물 쪽 대에 해산물을 그득 채워오셨다. 시어머니가 뒷밭에서 대가 오른 시금치를 한 줌 캐서 낚지초무침을 반찬으로 만들어서 시아버지 점심상을 마루에 차려주셨다. 수돗가에서 해산물을 이리저리 만져보고 있는데 시아버지가 나를 부르신다.

"창한이 이리 와서 술 한잔 따라봐라" 하시는데 왠지 그 소리가 무겁게 들렸다. 시아버지 밥상 옆으로 다가가서 내게 내미신 빈 술 잔에 공손히 술 한 잔을 따랐다. 술잔이 채워지자 시아버지는 단숨에 잔을 비우셨다. 그리고 무거운 분위기로 한마디 하셨다.

"니한테 제삿밥 안 얻어먹을 거니까 이제 걱정 말거라."

그토록 기다렸던 시아버지의 단호한 말씀에 내가 말씀드렸다.

"예. 아버님 고맙습니다. 제사는 못 지내드려도 아버님이 살아계시는 동안 제 마음이 이는 대로 최선을 다해서 모셔드리겠습니다. 이것만은 제가 약속드리겠습니더."

"알았다."

한 집 안에 시집온 며느리로서 나는 남편과 함께 자식 된 도리를 다하기 위해서 그날 마루 끝에서 시아버지께 술 한 잔에 담아드린 약속을 다시금 나 자신에게 걸어놓고 모름지기 최선을 다하려고 노력하였다.

호박꽃이 별이 되었다

영원히 시들지 않는 꽃이 되었다

내가 시집을 왔을 때 시부모의 연세가 칠순을 넘기신 아주 쇠한 모습이었다. 한평생 험한 바다 일로 주름이 깊게 패고 허리도 구부정하셨다.

신혼 시절에 시어머니는 집으로 가끔 다니러 오셨다. 처음 오셨을 때는 도마와 칼을 사서 오셨다. 소리 나는 거와 칼은 시어머니가 사 주어야 한다는 속설이 있었다. 그때 그 도마는 칠 남매를 키우시느라 고생하신 시어머니의 가슴팍처럼 움푹 파인 채로 세월이 흐른 지금도 우리 집 주방에서 음식을 다듬고 있다.

시어머니가 오시는 날에는 집안 가득 바다 내음이 물씬 풍겼다. 시아버지가 손수 장만해서 보내주신 마른 생선과 해산물이 색이 바랜 빨간 밧줄에 꽁꽁 묶인 채로 종이상자에 담겨 왔기 때문이다.

내가 처음으로 김치를 담아본 기억은 시어머니가 집에 오시는 날이었다. 갑자기 오신다는 말을 듣고 나니 '김치'가 생각났다. 김치가 밥상에 놓여야만 뭔가 상이 차려지는 느낌이 들것 같아서 주방 옆 다용도실에서 배추를 씻어서 물기를 빼고 거기에 조선간장을 붓고 고춧가루를 뿌려서 김치를 담았는데 그 맛을 보았더니, 친정엄마가 담아준 그 맛이 나지 않았다. 결혼 전에 식당 방 문턱에 걸터앉아서 엄마가 부엌 바닥에서 김치를 담그는 모습을 즐겨보았던 기억을 더듬어서 담가보았는데 아무리 해도 제맛을 내지 못했다. 나의 첫 김치는 배추가 다시 살아나서 상 위에 차려지지 못하고 다용도실 구석에 숨겨놓았다.

시어머니와 빨간 바케스를 들고 삼천포 시장으로 시장을 보러 다닌 적이 더러 있다. 친정에서 할매와 대가족을 이루고 자란 환경 때문에 할머니 느낌이 많이 들었던 시어머니는 소위 말하는 부담스러운 고부 관계는 안 되었다. 시어머니가 원하시는 장을 보고 난 다음 나는 시어머니께 옷을 사드리고 싶어서 옷가게에 들러서 시어머니가 만져보는 옷을 입어보게 한 다음 말했다.
"어머니 너무 잘 어울려요. 다른 것도 골라보세요."
키가 후리하게 크신 시어머니는 아무 옷이나 잘 어울리셨다. 메이커 옷 한 벌 값도 안 되는 여러 벌 산 옷을 들고 옷가게를 나오면 어머니는 늘 '고맙다. 감사하다'는 말씀을 내게 잊지 않고 해 주셨다. 시어머니의 이런 말씀에 기분이 좋아서 나는 시어머니가 집에 오실 때면 시장 나들이를 하며 곧잘 옷을 사 드렸다.

　시어머니와의 인연은 호박꽃이 피었다 지는 계절만큼이나 짧았다. 어느 여름날 시댁의 돌담 위에 노오란 호박꽃이 커다란 별이 되어 속삭이고 있었는데, 그 돌담 아래에서 두 살배기 손주를 어르시는 어머니의 모습을 바라보는 순간 그 모습이 먼 훗날에 기억될 추억이 될 것 같은 생각이 스쳤다. 그 후 어머니는 그 손주가 네 살 무렵이던 가을에 뇌출혈로 이틀 만에 돌아가신 후 영원히 시들지 않는 별꽃이 되고 말았다.

결혼이란 상대를 이해하는 극한점이다.

- 팔만대장경

담장을 짚고

돌담집

비가 내리면 나도 모르게 흥얼거려지는
노래 가사말* 처럼
내 덜 익은 나이는 돌담집으로 시집을 갔지

호박꽃이 노오란 별이 되어
돌담 위에서 피어나던 날
돌담 옆에서 두 살배기 손주를 어르시던 어머니,
먼 훗날의 초상화로 박혔다

그 순간에 멈추어버린 시곗바늘은
회상하는 시간 속에서만 오르내리고
호박꽃이 피었다 지는 계절 사이에서 회전을 한다

* 어니언스의 빗속을 둘이서

돌담 사이로 숨결처럼 바닷바람이 불어오면
그늘 깊은 장독간에는 바다를 삭히는
해묵은 어머니 손맛이 깊었다

저 바다 뻘과 별 사이에는
어머니의 발자국이 찍힌 미지의 길이 있다
어둠이 덩굴져서 쉽게 찾을 수 없었던 길
어머니 밤새 걸어가신 은하수 길이다

푸른 물결이 일렁이고

푸르스름한 똥물이 손등을 타고 흘러내렸다

시어머니가 그렇게 돌아가신 후 홀로 남겨진 시아버지는 무척이나 외로워하셨다. 어머니의 손길로 살아오시다가 텅 빈 집에 외로이 남겨진 시아버지는 어느 날 시댁에 갔을 때 나에게 겁을 주는 행동을 하셨다.

"너한테 보여 줄 게 있다."

"뭔데예?"

"이리 내 따라와 봐라."

시아버지는 나를 변소 간 옆에 있는 창고로 데리고 가셨다. 창고에서 뭔가 하나를 들고나오시더니, 불쑥 약병 하나를 내 얼굴에 들이밀면서 말씀하신다.

"내가 아무리 생각해도 혼자서는 살 수가 없다. 그래서 고마 한 병 마시고 죽을라꼬 사 놨다."

"뭐예? 이제껏 사시다가 뭐 손자 대까지 망신 줄 일이 있습니꺼. 저 할배 약 묵고 죽었다꼬 얼마나 손가락질을 받을낀데, 안돼예!"

그 순간에 어찌나 놀랐는지 손에 든 약병을 빼앗으려고 시아버지와 얼마나 실랑이를 벌였는지 손이 뻣뻣하였다. 그런 일을 겪고 나서 나는 시아버지의 그 심정을 깊이 헤아려보았다.

'얼마나 외롭고 힘들면 그런 생각을 다 했을까?'

고민 끝에 남편에게 내 생각을 말해보았다. 그랬더니 내 말이 끝나기가 무섭게 당장 시아버지가 지내실 방을 꾸미고 '장롱'을 사러 가자고 하는 거였다.

남편의 바람대로 담배 연기에 커튼이 바래질 걸 고려해서 황색 빛깔의 커튼을 달고 장롱을 방에 들여놓은 후에 시아버지를 우리 집으로 모시고 왔다. 시아버지가 집에 와 계시니까 단출했던 집안 분위기가 꽉 채워지는 것 같아서 꽤 정겨웠다. 특히 남편과 아이들이 시나브로 방문을 열고 들여다보고 웃는 모습이 나에게 참 많은 것을 느끼게 해 주었다.

'시아버지께 정성을 다하면 저절로 가족이 행복해지겠구나!'

하지만 이 행복도 며칠 가지 않아서 깨지고 말았다. 퇴근해서 집으로 돌아와 시아버지가 누워계시는 방문을 열었더니 빈방이었다. 집안 여기저기를 다 찾아봐도 보이지 않아 동네 입구로 황급히 뛰어나가 길거리를 한참을 두리번거려 보아도 찾을 수가 없었다. 그러자 화가 오르기 시작했다.

'그럼, 막배 도착 시간을 재어서 한번 섬 집으로 전화해 봐야지!'

이 생각을 하고 집으로 돌아와서 막배가 도착할 시간을 계산해서 섬 집으로 전화를 걸었다. 몇 번의 신호가 울릴 때까지 수화기를 들고 있다가 끊으려고 하는 순간 "여보시오" 시아버지의 목소리가 들려왔다. 안도감에 반갑기도 하고 밉기도 해서 성난 말투로 말했다.

"말도 안 하고 집에 가면 우짭니꺼?"

"하루종일 빈집에 혼자 있으니까 갑갑해서 못 있겠더라."

"그래도 간다 하고 가시야지! 얼마나 걱정한 줄 아십니꺼?"

"내 다음에 또 갈거마."

"오지 마이소!"

"헤헤."

"그럼 손주들 보고 싶을 때 아무 때나 오이소!"

퇴근해서 집으로 돌아온 남편 역시 잔뜩 화가 나서 푹푹거렸다.

"여보, 우리가 잘못 생각했다. 평생 바다만 바라보고 사시다가 꽉 막힌 우리 집에서 낮에 혼자 지내시면 갑갑하실 거야."

"그냥 아버님이 오고 싶어 하실 때 편하게 오시게 해요."

이런 일을 겪고 난 후 남편과 나는 가끔 밑반찬과 생활용품 일절을 마련해서 아이들과 시댁으로 가서 한밤씩 자고 왔다. 그리고 시아버지도 손주들이 보고 싶다며 언제든지 집으로 다니러 오셨는데, 오실 때마다 빈손으로 오신 적이 없다. 유월이면 강낭콩과 동부콩을 한 마대자루 담아오셨는데 자루를 열어보면 더운 습기에 절반은 썩어있었다. 남편과 나는 시아버지의 성의를 생각해서 마당에서 최대한 콩을 까서 말렸다. 그리고 지금도 우리 집 화단에는 시아버지가 가져와서 심어놓은 해당화 빛깔의 울장미와 앵두나무가 해마다 꽃을 피워 시아버지의 향수에 젖게 하고 있다.

연로하신 시아버지는 종종 병원 신세를 지셨다. 돌아가시기 몇 달 전에는 변비로 인한 심한 복통 증세로 병원에 모시고 가서 관장제 치료 처방을 받았는데 간호사분이 며느리인 나를 화장실로 따라 들어오라는 거였다. 시아버지께 관장 주사를 놓고 나서 시아버지의 항문을 관장 약이 장에 머물 수 있도록 십여 분을 꼭 막고 있으라는 주문을 했다. 주춤거리는 나에게 화가 난 낯빛으로 "잡으세요" 말하고는 쌩하고 나가버리는 거였다. 시아버지의 주름진 엉덩이를 쳐다보며 힘껏 항문을 막고 서 있는데 어느새 푸르스름한 똥물이 내 손등을 타고 흘러내리는 거였다. 어찌나 놀라고 구역질이 나오려고 하는지 무척 힘이 들었다. 시아버지가 집에 오실 때마다 목욕을 스스럼없이 시켜드린 것과는 사뭇 다른 감정이 교차 되었던 날이었다.

세상에서 가장 아름다운 손을 보았다

세상에서 가장 아름답고 귀한 꽃봉오리

변비로 고생하시던 시아버지는 결국 그해 가을에 요양병원에 입원하게 되었다. 입원 당시 너무 병약한 나머지 물을 제대로 삼키지 못하는 상태였기에 입원한 바로 다음 날 중환자실로 옮기게 되었다. 막내며느리인 나를 해바라기처럼 바라보며 사랑해 주셨던 시아버지를 이제 더는 볼 수 없을 거라는 생각은 무척 나를 울적하게 만들었다. 하루도 빠지지 않고 나는 매일같이 요양병원에 들러서 시아버지를 간호해 드렸다.

하루는 병원 연락을 받고 아버지를 보러 간 남편이 "영감이 수항이가 보고 싶다고 하더라"라고 나에게 전화를 했다. 그래서 나는 언제 돌아가실 줄도 모르는 시아버지를 생각해서 학원에서 수업 중인 딸을 불러내어 함께 차를 타고 급히 병원으로 달려갔다.

딸을 차에 태워 병원으로 가는 도중에 내가 인간의 삶이 이렇듯 허무하다는 것을 넋두리 삼아 혼잣말로 지줄대었더니, 그 소리를 들은 딸이 창밖을 바라보며 멍하니 앉아있었다. 말없이 앉아있는 그 모습이 이상해서 "어이! 딸"하고 불러보았더니, 아! 글쎄 소리없이 감정을 잡은 눈물을 하염없이 흘리고 있는 거였다. 그래서 내가 "어이! 딸! 울지 마! 어차피 사람은 한 번은 죽거든" 하고 기분전환을 시키며 좀 웃게 해 주었더니 금세 코를 힝! 하고 풀었다. 평소에 할아버지 사랑을 듬뿍 받은 어린 손녀의 마음이 아닐까 하는 생각이 들었다.

병원에 도착해서 중환자실로 곧바로 들어갔더니 우울한 광경들이 한눈에 들어왔다. 사람의 마지막 비참하고 처참한 말로의 모습들이 목을 메이게 했다. 한번 노인들을 입원시켜놓고 나면 가족들이 거의 면회를 오지 않는다고 간호인이 말을 해 주었다. 그래서 그런지 그날따라 딸아이가 토끼 모양의 머리띠를 하고 토끼 같은 모습으로 중환자실로 들어갔더니 시선들이 일제히 딸아이에게 쏠리는 거였다. 간호인분이 의자 두 개를 가져다주어서 시아버지 침대 옆에 나란히 앉았다. 손녀를 보신 시아버지께서 말씀하셨다.

"우리 두항이 핵교 마치고 왔나? 우리 두항이는 인물이 좋아서… 아빠 말 잘 듣고 옴마 말 잘 듣고 공부 열심히 해라… 에이구 내 손자 예쁘다."

손녀에게 말을 걸고 있는 시아버지 침대 옆으로 간호사 한 분이 다가와서 시아버지 상태를 체크하고 있는데 "내 며느리, 막내며느리다"라고 하니까 간호사분이 알겠다고 고개를 끄덕이며 웃었다.

　시아버지께 침대 옆에 놓인 요구르트를 빨대에 꽂아서 빨게 해
주었더니 삼키지를 못하고 금방 뱉어내셨다. 입가에 묻은 끈적한
침을 물티슈로 입 주위를 닦아드리고 휴지통에 버렸다. 침대 옆에
앉아있는 딸아이의 표정을 슬쩍 보니 움찔한 표정을 지었다.
　"왜, 더럽나?"
　"아니요."
　"더러워하는 것 같은데."
　"아! 아니에요."
　딸아이와 이러고 있는데 손녀 생각에 자꾸 먹을 것을 하나 더
챙겨주라고 하시기에 나머지 요구르트 하나를 딸아이에게 주면서
마시라고 했더니 못이기는 척하며 억지로 마시는데 쳐다보는 내가
더 우스웠다.
　"엥! 토할 것 같은데."
　"아! 아니에요."
　"그냥 휴지통을 보니 자꾸만 생각이 나서요."
　"어! 저 의사 선생님 봐라."
　"수항이, 이다음에 커서 의사 선생님이 꿈이라면서 이러면 안
되지."

"아니에요, 잘할 수 있어요."

"그래, 그러면 옆 침대에 계신 할아버지 좀 도와드려라. 침대 옆 할아버지 이불도 좀 덮어 드리고, 옷소매도 좀 내려드려라"라고 시 켰더니, 딸아이가 옆 침대에 계신 할아버지 옷소매를 내려주고 이 불도 덮어드렸다. 그랬더니 그 할아버지가 순간 이마에 손을 올리 며 딸아이에게 거수경례로 고마움을 표현하셨다. 딸아이가 어떻게 하는지 가만히 보고 있으니까 딸아이가 빙긋이 웃더니 조막손을 이마에 올려서 그 할아버지께 거수경례로 답례하는 거였다. 그 순 간 딸아이의 모습이 토끼처럼 너무나 귀엽고 사랑스러웠다.

친정아버지의 상태를 보러 작은 시누이가 하루 병원으로 왔다. 애교살이 많은 시누이가 침대를 올려서 시아버지를 비스듬히 앉게 한 다음 물었다.

"아버지, 딸이 좋나 창한이 저 옴마가 좋나?"

"창한이 저 옴마가 좋다."

"아버지는 창한이 저 옴마밖에 모른다."

작은 시누이의 소리를 들은 시아버지가 갈라진 입술 사이로 엷 은 웃음을 지으셨다. 시아버지의 힘없는 얼굴을 바라보니 그 순간 강가에 수없이 핀 하얀 들꽃이 바람에 흔들거리는 모습이 비쳐들었 다. 마치 사람의 생애가 들꽃과 같이 피었다 지는 것처럼 연상 되었 다. 시아버지가 멍하니 잠시 생각에 잠긴 듯한 표정을 지으며 혼잣말로 속삭이듯이 말씀하셨다.

"줄 것도 없고 받을 것도 없다. 남한테 해코지 안 하고 살았으니 날 욕하지 마라."

삼일 뒤 아침 출근을 해서 사무실 책상 앞에 앉자마자 큰 시누이에게서 울먹이는 전화를 받았다.

"아버지가 안 되것다."

"아니, 어제저녁까지만 해도 괜찮았었는데 와예?"

"응 지금은 눈도 못 뜨고 아무 말도 안 한다."

시누이의 전화를 끊고 남편에게 전화를 걸어서 아버지가 위독하니까 빨리 병원으로 와야겠다는 말을 전했다.

"뭐, 어제저녁까지 멀쩡했는데, 시끄럽다."

"아니 누나가 안 되것다고 전화가 왔어요."

울음 섞인 내 말을 들은 남편이 비로소 인지하고 나서 말없이 전화를 끊었다.

내가 병원에 도착하자 큰 시누이가 집에 다녀오겠다며 나가버렸다. 잠시 후 남편이 급히 병실로 달려왔다. 미동도 없이 가만히 눈을 감고 누워있는 시아버지를 가운데 두고 우리는 말없이 그 모습을 지켜보고 있었다. 우리가 병실에 도착한 지 한 시간 남짓 되는 시간이 되자 시아버지는 크게 어깨를 들썩이더니 '딸깍'하는 큰 소리와 함께 서서히 몸이 침대 바닥으로 가라앉는 거였다. 심장박동 상태의 모니터를 보니 수평선을 긋고 있었다. 잠시 후 흰색 가운을 입은 의사가 다가와서 '운명'의 진단을 내리고 하얀 면 이불로 시아버지의 몸을 덮어주고 병실을 나갔다. 그러자 남편이 말없이 침대 이불 속으로 손을 넣어 아버지의 손을 잡고 눈 감은 아버지의 마지막 얼굴을 응시하고 있었다. 그 모습을 보며 나는 주체할 수 없는 눈물을 하염없이 쏟아내었다.

이 세상에서 가장 아름답고 귀한 꽃봉오리를 연상케 했던, 그날 그 모습은 이제껏 내가 보아온 최고로 숭고한 손의 모습이었다.

세월이 몇 년 지난 후에 남편에게 물어보았다.

"그날 어떤 마음으로 아버지 손을 그렇게 잡고 있었어요?"

"뭐 그게 그리 궁금하나?"

"네?"

"으음. 마지막으로 체온을 느껴보고 싶었고, 참으로 산다고 고생 많았다. 이 생각을 했다."

나는 세상에서 가장 아름다운 손을 보았다. 그건 바로, 따뜻한 온기로 싸늘히 식어가는 아버지의 마지막 손을 감싸는 아들의 손이었다. 마치 다시 피어날 것 같은 한 송이 꽃봉오리를 연출하고 있었기 때문이다.

사랑은 오로지 가슴으로만 올바로 볼 수 있다.

본질적인 것은 눈에 보이지 않는다.

- 생텍쥐페리

행복 바라기

천天의 소리

무수한 별빛 속에 별 하나가 더해졌다

시아버지를 그렇게 떠나보낸 후 나는 그 시아버지의 사랑에 대한 마지막 선물로 '극락왕생'을 기원하는 사십구재를 올려드리고 싶었다. 남편에게 제의하였더니 비용 문제로 회피하였다. 지인 스님께 비용을 의뢰해 보았더니, 내가 단번에 마련할 수 없을 만큼 큰 금액이었다. 여러 궁리 끝에 최소비용으로 제를 올리는 방향으로 가닥을 잡고 나는 직장에서 중간퇴직금을 정산하고 생활비 일부를 떼어서 제를 올려놓았다. 시아버지가 돌아가신 후 49일째 되는 날에 우리 가족과 시누이 두 명과 함께 사십구재 의식을 치렀다. 무엇보다도 고등학생이던 아들이 생각지도 못했는데 학교에서 조퇴를 허락받아 제에 참석해 주었던 것이 엄마로서 가장 뿌듯했다.

'극락왕생'을 기원하며 지장보살께 마지막으로 제를 올리며 절을 하는 동안 나는 온 마음을 다 쏟아서 지극정성으로 시아버지의 '극락왕생'을 빌었다. 그러면서 철없이 행동하고 서운하게 했던 그 모든 것을 용서해 주시고 그 받은 사랑에 흐느끼며 감사한 마음을 가지는 순간 '뜨거운 눈물'이 볼을 타고 흘러내렸다. 제를 주관하시던 스님께서 이 모든 것으로 제를 마쳤으니 영정사진을 소각하면 된다는 말씀에 영정사진을 한 번 더 쳐다보고 싶어서 그곳을 바라보는 순간 그 큰 법당 안을 울리는 소리가 귓전에 들려왔다.

'고맙다…'

'응 시아버지 목소리네. 시아버지 돌아가셨는데…. 뭐지?' 하는 생각에 영정사진을 저만치서 바라보니, 하얀 햇살이 비쳐든 영정사진 속 시아버지가 빙긋이 웃는 듯이 보였다.

'응! 알았어요'라며 마음을 전하였다.

돌아가신 후에도 막내며느리의 가슴에 '고맙다'라고 해 주신 시아버지! 시댁의 장독간에서 바라보았던 까만 밤하늘에 무수히 쏟아져 내렸던 그 별빛 속에 별 하나가 더해졌다.

사춘기의 비상飛上

술잔에 눈물이 '뚝' '뚝' 떨어져 내려 잔을 채웠다

'신이 인간의 곳곳에 서 있을 수가 없어서 어머니를 지상으로 내려보냈다' 탈무드에서 본 글귀다. 내가 결혼해서 취득한 세 가지 자격이 있는데 엄마와 아내와 며느리다. 시험 범위가 일정하게 정해져 있는 게 아니어서 100점을 받기가 무척 힘이 들었다.

결혼 전 나의 자화상은 '신사임당'이었다. 한 마디로 현모양처가되는 게 꿈이었다. 하지만 세 가지를 취득한 자격 중에서도 '엄마의 자격증'이 가장 힘들고 어렵다는 것을 지금도 절실히 느끼며 살아가고 있다.

사춘기 아들이 질풍노도의 시기에 '난, 엄마 같은 여자 안 만날거에요'라고 했다. 그만큼 나는 아들에게 엄마로서 인정을 받지 못했다. 그리고 이보다 더한 말은 '엄마 때문에 자기가 이렇게 되었다'고 원망하면서 '엄마가 달라졌어요'라며 울부짖었다. 누구보다도 열심히 사는 나에게 찬물을 한껏 끼얹었다. 아는 카페에 가서 진토닉을 실컷 마셔댔다. 술잔에 눈물이 '뚝뚝' 떨어져 내려 잔을 채웠다.

어떻게 살아야 하는가? 이 명제에 대한 해답을 찾지 못한 채 집으로 돌아왔다. 뒷날 사무실에 출근해서 전날 아들이 내게 던진 말들을 곰곰이 되새겨보았다.

'엄마가 달라졌어요. 집에 있었을 때는 그러지 않았는데, 사무실에 나가고 나서부터 엄마가 달라졌어요.'

서른일곱 늦은 나이에 딸을 낳고 심한 우울증을 겪었다. 이유는 돈 때문이었다. 남편이 퇴직할 나이를 생각해보니 딸을 키워낼 수 없는 이른 퇴직이 문제였다. 자식에 대한 부모로서 책임감이 무의식적으로 기인하였던 것 같다. 우울증의 원인이 돈 때문이라는 것을 알고 난 후 나는 돈을 벌기 위해서 자격증에 도전하기로 하였다.

남편이 아침 출근을 하고 나면 재빠르게 청소와 살림을 살고 딸이 잘 때는 옆에 재워두면서 공부를 하고 일어나면 포대기로 들쳐서 업고 마당을 걸어 다니면서 책을 보았다. 점심을 먹으러 오는 남편을 위해 점심 준비도 스피드 있게 하면서 오후에는 학교에서 돌아온 아들과 학습지도 함께 풀면서 학습지도도 짬을 내어서 해 주었다. 그리고 한 달에 두어 번씩 손주들을 보러 오시는 시아버지 시중도 서운하지 않게 하려고 나름대로 최선을 다하였다. 하루 24시간이 모자랄 정도로 아껴 쓴 결과는 당연 '합격'이었다. 자격증을 취득한 후 예상과는 다르게 나는 일찍 취직하게 되었다. 주택관리

사 자격증으로 나는 아파트 관리사무소의 관리소장이 되었다.

아들은 집중력이 굉장히 좋은 아이였다. 내가 아파트 관리를 나가기 전까지 우수한 성적을 유지하고 있었는데, 그만 나의 직장생활의 힘겨움으로 아이와 가정을 등한시한 결과물로 아들의 성적은 그때부터 곤두박질을 치고 오를 생각하지 않았다. 세 마리 토끼를 한꺼번에 잡는다는 것은 거의 불가능한 일이었다.

아파트 관리사무소에 근무한 지 몇 년 지나지 않아서 내가 근무하는 아파트 근처에 중학교가 신설되었다. 아들이 성장해서 그 중학교에 입학하게 되면서부터 엄마 노릇이 뭔지를 제대로 가르쳐 주었다. 아들이 중학생이 된 지 일주일쯤에 울먹이는 전화를 받았었다.

"엄마, 죄송해요. 지금 병원으로 와 줄 수 있어요?"

"응, 그래. 어디 병원이니?"

덤덤하게 전화를 받았지만, 가슴이 철렁 내려앉았다. 황급히 병원으로 달려가 보니 병원 한쪽 구석에서 고개를 떨구고 방사선실 앞에 앉아있는 아들의 모습을 바라보니 마음이 울컥했다. 아들의 눈빛이 예전과 다르게 날카롭게 변해 있었다. 친구들과 패싸움을 벌인 후 손등뼈에 금이 간 것 같아서 정형외과 진료 대기 중이었다.

예상치 못했던 사춘기는 그때부터 격렬하게 시작되었다. 매번 친구들과 잦은 싸움으로 깁스를 하게 되었고 교무실에 불려가서 벌을 서는 경우가 종종 있었다. 아들은 중학생이 되었을 때 부반장이 되었다가 반장인 아이가 전교 회장으로 출마해 당선되는 바람에 자동으로 부반장에서 반장이 되었다. 조용하면서도 포스가 느껴지는 아들을 줄 세우기를 좋아하는 아이들이 심심찮게 건드려서 태권도 4단의 유단자인 아들에게 번번이 코피가 터지고 낭패를 당하고 있었다. 나는 출근을 하면 간혹 아파트 후문 쪽으로 걸어가서 우두커니 아들이 다니는 중학교를 바라보며 '오늘은 무슨 일을 겪고 있을까?' 하며 근심스럽게 바라보고 서 있었다.

아파트 관리의 원활성을 기하기 위해서 나는 자진해서 학교운영위원으로 들어갔다. 운영위원으로 활동하면서 예전에 몰랐던 정보들을 얻게 되었는데, 무엇보다도 교육청에서 주관하는 '부모교육'을 이수해서 수료증을 취득하면서 '아들의 문제가 곧 엄마인 내게 있다는 것'을 깨닫게 되는 계기가 되었다. '엄마가 달라졌어요'라고 했던 아들의 말을 곰곰이 되새기면서 나는 아들이 무얼 원하는지를 알게 되었다. 그래서 퇴근 후 아들을 위해서 직장을 나가기 전 딸을 키우며 집에 있었을 때처럼 헐렁한 면티에 프릴 치마를 다시 꺼내어 입고 다정한 엄마로서 안정감을 심어주려고 나름의 노력을 하였다.

서너 번의 깁스를 하면서 줄 세우기가 끝을 맺고 중1 학년 말이 되었을 때 아들이 내게

"이제 건드리는 애들이 없어요. 공부할 거예요! 학원 좀 보내주세요!"

"응 그래! 네가 알아보는 게 좋을 것 같아."

아들이 다니고 싶어 하는 종합학원에 간 첫날 집에 돌아올 시간이 한참을 지났는데도 아들이 집에 오지 않아서 전화를 걸었다. 학원 주변에 있는 공원에 앉아있다는 거였다. 차를 타고 그 공원으로 가보았다. 저만치 있는 벤치에 고개를 숙이고 멍하니 앉아있는 아들이 보였다. 가까이 다가가서 물었다.

"왜 집에는 안 오고 여기 앉아있니?"

"학원에서 무슨 말 하는 것인지 못 알아듣겠어요. 안 다닐 거예요."

중학교 공부의 기초를 놓쳐버린 이유에서였다. 아들에게 어떻게 해주어야 할지 몰라서 갈팡질팡하고 있을 때 고등학교 동창인 친구가 진주에서 종합학원을 하고 있다는 소식을 접했다. 그 친구에게 상담을 요청하니 주말에 한 번 데리고 오라고 하였다. 아들을 상담해 본 친구가 한번 가르쳐 볼 만한 아이라고 한 가닥 희망을 심어주었다. 그런데 그 친구 말이 통영에서 진주까지 그 먼 거리를 어떻게 오고 가고 할거냐는 의문을 던졌다. 가르쳐만 주면 할 수 있다고 장담을 해 주었다. 그로부터 아들과 나는 또 다른 장벽과 부딪

히는 사투를 벌였다.

아들은 학교 수업을 마치는 동시에 버스를 타고 진주 학원으로 갔었고 나는 퇴근 후 집안 살림을 삽시간에 헤 치우고 저녁밥을 먹은 다음 졸음운전 예방을 위해서 평소에는 마시지도 않던 커피를 한 잔 마시고 껌을 질겅질겅 씹으며 크게 음악을 틀어 놓고 헤드라이트 불빛에 어둠을 뚫고 아들을 데리러 고속도로 위를 달렸다. 한동안 너무 힘들어서 저절로 눈물이 주룩주룩 흘러내렸다. 그래도 힘겹게 공부를 하고 엄마를 기다리고 있을 아들 생각에 감정을 추스르고 지친 아들을 반갑게 맞이해 주려고 나름의 애를 썼다.

한 6개월 정도 지나서부터 아들이 서서히 변하기 시작했다. 그런데 어느 날 밤 집으로 돌아오는 차 안에서 아들이 뜬금없이 말했다.

"엄마 나 사랑 안 하죠?"

엄마 키를 훌쩍 넘기며 자란 아들이 어린애처럼 하는 말에 어쩌는지 보려고 "그래 사랑 안 한다"라고 대답을 해 주었더니 아들이 내게 하는 말이 "정말이죠! 내 이 말 평생 기억할 거에요." 하면서 잉잉거리며 울었다.

다 큰 아들이 철없이 울던 그 생각을 가만히 해 보니 아들을 낳고 키우면서 정서적인 사랑을 해 주지 못했던 나를 뒤늦게 자책하게 되었다. 첫아들을 낳고 친정집을 오가며 직장생활을 지속했던 시기에 친정 부모님은 늘 "아들을 낳았으니 씨 하나만 잘 키우면 된다 여러 명 자식 낳을 필요 없다"는 말을 자주 하셨다. 그래도 남편에게 동생을 언제 낳을 건지 의논을 해 보았지만, 남편 역시 묵묵부답으로 일관하는 거였다. 이런 이유에서 나는 아들 한 명을 강인하게 키워서 먼 훗날 혼자서도 잘 살아갈 수 있도록 키우고 싶었다. 그래서 냉정하리만치 정을 주지 않았다. 지금 돌이켜보면 모두가 삐뚤어진 나의 잘못된 생각이 빚어 만든 애정 결핍이었다. 그나마 작은 위안이 되는 건 결혼 전 '태교의 중요성'을 들려주신 분의 말씀을 떠올리며 거의 완벽에 가까울 만큼 정서를 채우는 태교를 하였다. 무엇보다 남편과 말다툼 한 번 안 하고 지냈고 내가 다녔던 직장 마을 주변의 단감나무가 주는 사계절의 변화를 느끼면서 시를 외워 주고 동요를 불러주며 구구단을 외워 주는 등 태담을 즐겨하며 뱃속의 내 아이와 행복한 나날을 채웠다. 벚꽃이 만개한 봄날에 이 아들을 출산했다.

여느 날처럼 아들을 데리러 가는 밤중에 나는 자칫 잘못되었으면 두 번 다시는 집으로 돌아오지 못할 뻔하였다. 커피를 마시고 껌을 씹고 음악을 크게 틀어 놓고 운전을 해가고 있는데 나도 모르게 순간 브레이크를 밟아서 멈추어 섰다. 정신을 차려보니 고속도로 가드레일 앞이었다. 눈앞이 아찔한 순간이었다. 그때가 겨울이었던 것 같다. 학원 공부를 마치고 길옆에 서 있던 아들과 만나서 포장마차에서 어묵을 하나씩 사 먹고 차를 탔다. 차를 타고 오면서 아들에게 말했다.

"아들, 엄마 오늘 아들 못 볼 뻔했다."

"왜요?"

"으음 엄마가 밤에 아들 데리러 오는 건 힘들지는 않은데 졸음운전이 제일 힘드네. 엄마도 모르게 오늘 졸음운전을 해서 고속도로 가드레일을 받을 뻔했어."

이 일을 겪은 후부터 아들이 더 많이 변화되는 모습을 느낄 수 있었다. 엄마가 혹시나 졸음운전을 해서 힘들까 봐서 사탕을 입에 넣어주고 아이패드로 음악을 크게 틀어서 빌보드 차트에 올라와 있는 노래를 들려주며 말도 재잘재잘 걸어주었다. 그러면서 학원에 다닌 지 1년이 훌쩍 넘긴 어느 날 밤에 차를 타고 집으로 오면서 말했다.

"엄마, 내 목표가 뭔 줄 알아요?"

"응 아들, 뭔데?"

"열심히 해서 ○○고 특반에 들어갈 거예요!"

"그래, 좋은 생각이네."

공부의 감을 잡았는지 그 후 아들은 더욱더 공부를 열심히 해서 자기가 원하는 고등학교 특별반에 진학하였다. 그런데 또 다른 장

벽이 앞을 가로막고 있었다. 고등학교 1학년 첫 시험을 치른 결과 수학 점수가 28점이 나왔다. 이 점수로 인한 스트레스로 우리 집 방의 문 한 개가 박살이 나고 말았다. 아들이 뒤돌려차기를 해서 구멍이 났는데 퇴근을 해서 돌아온 남편이 그 문을 보자마자 서랍에서 망치를 꺼내어 두세 번 내리찍어버리는 거였다. 그날 저녁 밤늦게 아들이 어디서 구했는지 박살 난 문짝 부위에 문 색깔에 맞춘 마분지를 덧대어 테이프로 붙여놓았다.

이 난국을 또다시 어떻게 해결해야 할지 거듭 고민을 하고 있었는데, 어느 날 늦게까지 퇴근을 하지 않고 사무실에서 업무를 하는 중에 아파트 입주민분인 수학 선생님이 관리실로 택배를 가지러 오셨다.

"선생님."

"예, 소장님 왜 아직 퇴근을 안 하고 있습니꺼?"

"선생님 우짜모 수학 공부를 잘할 수 있습니꺼?"

"와예?"

아들의 고등학교 수학 점수가 28점인 것을 숨기지 않고 서슴없이 말을 해 주었더니, 그 선생님의 답변이 명쾌했다. 돈이 좀 들더라도 과외를 시켜보면 제일 효과가 크다고 조언을 해 주셨다. 이 삼일 뒤 아들과 두서너 곳의 수학학원에 들러서 과외 의뢰를 해 보았다. 그런데 이 점수로써는 가르칠 자신이 없다고 하였다. 심지어 한

학원 선생님은 사정도 없이 "너는 안된다"라며 아이의 기를 무참하게 꺾어 버리는 거였다. 아들의 얼굴을 슬쩍 살펴보니 끓어오르는 감정을 최대한으로 억누르고 있는 표정이었다.

학원을 나와서 길을 걸어오는데 아들이 말했다.

"저 학원은 안 다닐 거에요 엄마를 생각해서 얼마나 참았는지 몰라요."

"그래 그럼 어떡하지?"

"엄마!"

"응."

"엄마가 관리하는 아파트에서 예전에 내가 초등학생이었을 때 방학 기간에 잠시 과외를 받은 적이 있었잖아요. 그 선생님 아직도 거기 살아요?"

"아니, 이사 가고 없는데. 왜?"

"그 선생님께 한번 가봐요!"

"그럴까?"

맨 처음 아파트 관리를 위해서 동분서주할 때 아들을 어떻게 해서라도 공부를 시켜보려고 입주민분에게 한 달 정도 맡겨본 적이 있었다. 그때 그 선생님을 찾는 거였다.

그 선생님이 운영하는 학원에 들렀다. 훌쩍 자란 아들을 보더니 그 남자 선생님이 얼마나 반갑게 맞이해 주는지 고마울 뿐이었다.

상담실로 들어가서 솔직하게 수학 점수를 말하고 공부를 의뢰해 보았다.

"그때의 창한이를 기억해 보면 지금쯤 상위권 학생이 되어있을 거라고 생각이 드는데 왜 그럴까? 창한이가 공부할 1%의 가능성만 가지고 있다면 선생님이 한번 가르쳐 볼게!"

아들의 표정을 보니 눈웃음을 살짝 지으며 흐뭇해하였다. 그 선생님의 멘토에 힘입어 아들은 나날이 정신적인 성장과 더불어서 모름지기 성적도 부쩍 향상되었다. 아들의 격렬했던 사춘기는 이렇게 비상하기 시작하였다.

물병에 심은 나무

튼실한 고구마 한 개를 물병에 심는다
사춘기를 달리던 아들이 고삐를 놓쳤을 때
무심코 던진 말이 가끔씩 줄기처럼 자란다
"부모로서 모범을 보이세요"
심장을 찌르는 말에, 술잔에 눈물을 따라 마신다
고개를 떨구고 한 올 한 올 내리는 실가닥처럼
엄마의 자리를 가다듬어 보았다
아들은 엄마의 그림을 그리게 해준 멘토다

고구마 등에서 새순이 돋는다
엄마 등에 업혀서 잠든 아이 손이다
어부바하면 엉금엉금 기어서 등에 업혔지
담쟁이 어린 손을 등에 짚고 잠이 들었지
병아리 입을 쫑긋대며 꿈속 나비를 쫓아 벙글거렸지
줄기는 흠뻑 물을 마시고 만세를 부른다
손을 잡고 아장아장 걸으며 만세를 부르는 아이처럼

그럴 때면 박수 소리에 웃음 줄기가 방안을 휘감았지
무성하게 잎이 꿈처럼 자라는 그때였지

아이가 어렸을 때 심어준 그 나무는
아직도 창공을 향하여 자란다
가슴을 활짝 열어 놓은 엄마의 창가에서

소나무의 회생

막걸리를 흠뻑 마시고 흥에 취해 봄빛을 찔러대고 있다

내가 관리하는 아파트 내의 슬로건은 '내가 베푼 배려 하나 커져가는 이웃사랑'이다. 전 입주민을 대상으로 개최한 '표어공모전 대상작'이다. 이 표어는 엘리베이터 내에 부착된 거울에 문구를 넣어 제작하여 언제든지 볼 수 있게 해 두었다.

아파트 내의 슬로건에 견주어서 소장으로서의 나의 슬로건은 '단독주택과 같은 정서를 불어넣어서 봉사하겠다'이다.

아파트 관리를 하면서 매번 느끼는 생각은 '사람과의 소통'이 문제였다. 소위 말하는 갑과 을의 관계가 팽팽히 맞서면 결국 감정이 상해서 예상치 못한 결과로 치닫는 곳이었다. 사람과 사람 사이에서는 종속관계가 아닌 존중의 관계가 바로 서야 하지 않을까 한다.

첫 출근을 한 날 단지 전체를 한번 순찰을 해 보았다. 시계 모양의 분수대가 단지 중앙에 가로 놓여 시선을 끌어당겼다. 그런데 화단에 서 있는 유독 큰 소나무 한 그루가 붉은 머리를 산발한 채 수없이 많은 솔방울을 달고 거의 고사 상태에 놓여있었다. 그 소나무의 모습이 마치 사람이 병이 들어서 몹시 아파하는 것처럼 비쳐들었다. 단지 내를 순찰하며 그 소나무를 바라볼 때마다 왠지 마음이 편치가 않았다. 꼭 살려주고 싶은 마음이 매번 깃들었는데 업무 파악과 단지 상황을 파악하느라 매일 바쁜 나날이었다.

어느 정도의 여유가 생기고 나서부터 시설물 관리 첫 번째로 병든 소나무를 살려보는 것이었다. 소나무를 살려내는 비법을 수소문해 보았다. 수소문한 끝에 얻은 비법이 '막걸리 시비'였다.

지체할 것 없이 소나무의 잔뿌리가 형성되어 있을 거리에 둥글게 구덩이를 파서 그곳에 주문한 막걸리를 하룻밤 재어서 숙성시킨 연후에 맛있는 막걸리를 술술 부어주었다. 시비를 마친 후에 나는 마음속으로 그 소나무에게 말을 걸어주었다.

"애, 네가 꼭 살아주었으면 좋겠다."

말을 한 다음 그 소나무를 꼭 껴안아 주었다.

겨울이 지나고 새봄이 찾아왔는데도 그 소나무는 나의 간절한 기원에 화답해 주지 않았다. 조금은 씁쓸한 기분이 들었지만 단지를 순찰할 때마다 그 소나무를 바라보는 일은 습관이 되어버렸다. 기다려도 응답을 해 주지 않는 그 소나무는 결국 조경 관리를 위하여 절단해서 정리해야만 했다. 둥치가 제법 큰 그 소나무를 절단해서 정리하기에는 꽤 어려움이 있었다. 이런 이유로 얼마간의 시일을 끌었는데 어느 날 출근을 한 아침 여느 때와 마찬가지로 단지 순찰을 하며 한 바퀴 돌다가 그 야속한 소나무를 무심결에 쳐다보게 되었는데 순간 내 눈을 의심하게 되었다.

나의 간절한 바람을 외면하고 서 있던 그 소나무의 가지 끝에서 연둣빛 새순이 돋아나고 있는 거였다. 드디어 오랜 잠에서 깨어나고 있었다. 얼마나 감동적이고 가슴이 벅찬지 그 소나무에게 환희의 미소를 지으며 다시금 말을 걸어주었다.

"얘, 너 정말 고맙다."

그 이후부터 단지 내 소나무들은 건강한 생육을 위해서 해마다 물오른 봄이 되면 달짝지근한 맛의 막걸리를 흠뻑 마시고 흥에 취한 나머지 봄빛을 찔러대고 있다.

오월의 Happy Day

오월의 마지막 날에 얻은 행복

아들이 중학생이 되어 사춘기를 몹시도 앓던 어느 날 강아지를 한 마리 키우자고 제안을 했다. 바쁘다는 핑계로 그만 아들의 생각을 묵살해 버렸다. 지나고 나니 엄마로서 참 다정다감하게 다가서지 못했던 아쉬움이 늘 마음 한자리에 머물고 있었다. 그러던 어느 날 아파트에서 이사하시는 사장님 한 분이 아담하게 생긴 강아지 한 마리를 관리실로 데리고 와서 강아지 자랑을 한창 늘어놓으셨다. 그리고 강아지 어미가 또 새끼를 세 마리를 낳았는데 그만 길거리에 나갔다가 차에 치여 그만 죽고 말아서 지금 새끼강아지들이 병원에서 크고 있다고 하였다. 그러면서 "소장님 강아지 한 마리 줄까요?"라고 하시는 거였다.

아들 생각에 단번에 "네, 한 마리 주세요"라고 해서 일어났던 일화를 다시 한 번 더 기억해 보고자 한다.

아들이 중학교 1학년이 된 어느 날

"엄마! 우리 집에 개 한 마리 키워요!"

"안 돼! 엄마가 지금도 바빠서 죽겠는데, 개 한 마리 키우는 게 얼마나 힘 드는 줄 아니? 네가 매일 아침에 개똥 치우고, 밥 챙겨줄래?"

"네! 제가 다 할게요!"

"그럼 개털 날리는 건 어쩔 건데? 아무래도 안 되겠다!"

엄마로서 포근함이 없는 냉정함으로 인해 아들은 이후 더 심한 방황을 하였다.

중학교 2학년이 되었던 어느 날

"아들! 우리 집에 개 한 마리 키울까?"

"네, 너무 좋아요. 언제 데리고 올 건데요?"

"으음, 일주일 안에는 주실 거야. 아는 사장님께서 이사 가시던 날 강아지를 데리고 오셨는데, 너무 영리하고 똑똑해서 사람 같으면 천재 같았어. 리트리버의 반 반 종인데 그리 크지도 않고 아주 집에서 키울 만큼 아담한 개야. 어미가 새끼를 세 마리를 낳았는데 강아지들이 지금 병원에 있대."

"왜요?"

"응 어미가 밖에 나갔다가 그만 차에 치여서 죽었대. 원하면 한 마리 주신데."

그런데 선뜻 먼저 강아지 한 마리를 주신다고 하신 사장님이 일주일이 지나고 보름이 지나 거의 한 달이 다 되도록 아무런 소식이 없었다.

아이들은 매일같이 "오늘은 와요? 언제 올 건데요?" 하며 목이 타듯이 기다리는데 강아지 한 마리 주신다던 사장님은 "너무 바빠서 내일 주겠습니다. 모래 주겠습니다" 하면서 자꾸만 시간을 끌었다. 성질도 급한 내가 마음고생을 하다가 5월 31일 아침 기다림에 지친 나머지 화가나서 일찌감치 그 사장님께 문자를 넣었다.

'사장님! 아이들이 강아지를 너무나 기다리고 있어요. 강아지를 주실 거면 오늘 꼭 강아지를 안겨주시면 고맙겠습니다. 사장님! 즐거운 하루 되세요.'

그런데 아무런 답장이 없었다. 출근해서 또 기다리고 또 기다려도 아무런 대답이 없었다. 그래서 미안한 마음도 뒤로 한 채 용기를 내어 전화를 걸었다.

"네! 한 시간 있다가 배달 마치고 돌아올 때 갖다 드릴게요. 너무 바빠서 미안합니다"라고 하셔서 여태까지도 기다렸는데 그까짓 한 시간쯤이야 더 기다릴 수 있다는 생각으로 기다렸지만 감감무소식이었다. 다시 전화를 걸었더니 이제는 전화를 받지도 않으셨다.

불도저 정신을 발휘해서 사장님의 아내분에게 전화를 걸었다. "죄송합니다. 우리 아저씨가 깜빡했나 봅니다. 오늘 중에는 꼭 주겠습니다"라고 하시는데 별반 도리가 없이 또 기다렸다. 그런데 또다시 감감무소식이었다. 이렇게 강아지 한 마리 때문에 아침부터 애를 태우고 있는데 친구 미경이가 오후 늦게 사무실로 찾아왔다. 친구 미경이를 보자마자 번뜩이는 생각에 다짜고짜 말했다.

"미경아! 오늘 내 좀 태우고 어디 좀 가자!"

"그래! 가자! 근데 어딜 가?"

전후 사정 이야기를 듣고 난 친구가 어이없는 웃음을 머금고는 비장한 각오로 그 사장님 펜션으로 차를 타고 갔다.

"알았다!"

푸른 바다를 전망으로 자리하고 있는 하얀 펜션이 정말 멋져 보였다.

"야! 정말 좋네!"

펜션 마당에 들어서니 언제 우릴 보았는지 사장님 아내분이 "아이구! 소장님! 오셨네요. 이리 와서 좀 앉으시죠!"라며 반겨주었다.

욱! 하는 감정을 접어두고 이런저런 대화를 나누며 조금 있으니까 펜션 입구 저만치서 사장님의 포터 차가 펜션으로 들어서고 있었다. 분명히 우리를 보았음에도 불구하고 아는 체도 안 하시고 화단 일만 계속하시는 거였다. 마음속으로 무수한 감정들이 엇갈리어 지나갔지만 어쩔 수가 없었다. 잠시 후 그 사장님이 아내에게 "호미 한 자루 찾아와봐라" 이러는 거였다. 아내분이 아무리 찾아도 보이지 않는다는 표정을 알아차린 순간 친구 미경이에게 말했다.

"미경아! 같이 좀 찾아봐라."

"응! 그래!"

결국, 친구 미경이가 호미를 찾아서 너스레를 떨며 그 사장님께 갖다 주었다. 그러는 동안 난 머릿속으로 궁리에 궁리를 거듭하며 오늘은 꼭 강아지를 아이들에게 안겨주겠다는 각오로 쉼 없이 머리 회전을 하고 있었다.

"오늘 여기까지 왔는데 우리가 뭐 좀 도와 드릴 게 없습니꺼?"

아내분께 물어보았더니, "없습니다. 그냥 사무실에 가 계시면 오늘 중에 꼭 강아지를 안겨 드리겠습니다. 저는 펜션 방 청소를 해야 하는 데 요즘 너무 힘이 들어서 팔목이 아파서 죽겠습니다"라고 하는 거였다. 순간 번뜩이는 재치가 떠올라 말했다.

"미경아! 우리 청소 좀 해 주고 가자!"

"빗자루 없습니까?"

"아니 괜찮습니다."

"아닙니다. 팔목도 아프신데 우리 세 명이 하면 훨씬 수월할 겁니다."

"그럼! 고맙습니다"라고 해서 우리는 전 4층 펜션 방 12개에 복도까지 청소를 마무리를 짓고 의자에 앉았다. 아내분이 고마워서 수박을 썰어 주어서 한 조각 먹고 있으니 그때야 저만치서 화단 일을 마치신 사장님이 오해가 풀렸는지 미안하면서 고마운 마음이 섞갈린 듯한 표정으로 우리 곁으로 걸어오셨다. 수박을 한 조각씩 먹고 있으니 내 핸드폰이 울려서 받아보니 여우 같은 딸이 "엄마!" 하는데 척! 하면 삼척이라 무슨 말을 할지 알고도 남아서 바로 핸드폰을 그 아내분의 귀에다 갖다 대어주니 "엄마! 강아지 언제 와요. 오늘은 꼭 와요?" 하면서 애를 태우는 목소리가 들려왔다.

"응 알았다! 아저씨가 일 다 마치고 샤워하고 나서 바로 강아지 데리러 갈 거니까 걱정하지 마."

이렇게 아내분이 딸의 마음을 안심시켜 주었다. 그제야 아이들의 마음을 헤아렸는지 사장님이 샤워하고 나서 바로 가자는 말을 하는 거였다. 그동안 나는 펜션의 여기저기를 둘러보았는데 다소 미흡한 곳이 눈에 띄어서 나중에 사장님께 지적해 주면 좋을 것 같다는 생각에 나름대로 포지션을 잡아 보고 있었다. 샤워를 다 마친 사장님이 바로 가자는 말에 나는 사장님께 펜션 관리에 대한 몇 가지 내 생각을 말씀드려보았더니, 아주 호감 있게 받아주시면서 짧은 인테리어를 함께 의논해 보았다. 나의 성의에 다소 감동을 받으셨는지 사장님의 태도가 예전처럼 바뀌면서 다소 미안해하였다.

사장님의 차를 뒤따라 구불구불한 도로를 30여 분 달려간 곳에서 멈추었는데, 사장님이 "여기서 기다리세요!"라고 하셨다. 친구 미경이에게 차를 저만치쯤 빼서 세워보라고 했다.

"그냥 집에서 바로 받아오면 되지 뭐하러 이렇게 떨어져 있어야 돼?"

"그냥 내 시키는 대로 좀 해봐라."

"사장님 동서가 강아지를 생면부지 남에게 준다고 하면 그 귀한 강아지를 주고 싶겠나?"

비로소 눈치를 챈 친구가 알았다고 하면서 차를 저만치 세워서 기다렸는데 한 20분이 지났을 무렵 사장님이 차를 타고 우리 차를 쓱 지나서 50미터 정도 남짓하게 한 거리에서 차를 세우는 거였다. 뒤따라가서 사장님 차 뒤에 세워서 내리니까 조그맣고 노란 강아지를 안고 사장님이 차에서 내리셨다.

"죄송합니다. 이렇게 늦게 주어서 말입니다."

"아닙니다. 고맙습니다."

"우리 강아지 어렸을 때보다 훨씬 더 잘생긴 것 같습니다. 잘 키워 보세요" 하면서 헤어졌다. 아! 정말 007작전이 따로 없을 듯한 강아지 한 마리 얻기였다. 조그마한 강아지를 품 안에 안고 집으로 돌아오면서 먼저 아이들에게 전화를 걸어 반가움을 전해주었다. 기뻐서 어쩔 줄 몰라 하는 아이들의 순수한 웃음소리에 엄마로서 흐뭇했다. 아들이 얼마나 기뻤는지 당장 강아지의 집을 사러 가자고 졸랐다. 늦은 저녁인데도 불구하고 아들딸과 함께 시장으로 차를 타고 강아지 집을 사러 갔는데, 너무 늦은 시간이라 가게마다 문을 닫은 상태였다.

우리는 문이 닫힌 가게 옆에 차를 세워 놓고 차 안에서 "우리 이 강아지 이름을 뭐로 지을까?" 고민하는 아들딸을 보며 "엄마 생각에는 우리가 행복하기 위해서 이 강아지를 데려왔으니까 '해피'라고 하면 좋겠는데 어때?"라고 제의를 하였더니 아이들이 "좋아요" 해서 그 순간 조그맣고 노란 강아지는 '해피'라는 이름을 얻게 되었다. 장미꽃이 한창 흐드러지게 피어나던 오월의 마지막 날에 얻게 된 행복이었다.

최고의 가르침은 아이에게 웃는 법을 가르치는 것이다.

- 니체

장미꽃의 수다

시詩를 만나다

존재의 이유를 찾을 수 있었다

아들이 무난히 대학진학을 하고 난 다음부터 나는 왠지 허전하고 무기력한 '빈둥지증후근'을 앓게 되었다. 결혼해서 지금껏 뒤돌아볼새 없이 앞만 보고 열심히 달려왔던 까닭이다. 흔들리는 정체성을 찾기 위해서 나는 시를 배우러 서울로 가게 되었다.

아파트 입주민 한 분이 잊을 만하면 사무실로 찾아와서 내게 등단을 권유해 주셨다. 그럴 때마다 나는 정중히 거절하고 말았다. '시'의 틀을 제대로 배워 본 적이 없는 나는 그저 감성이 불러일으키는 대로 읊조려 보았던 게 내 시의 전부였다. 이런 순수감성의 시가 그때는 좋았다. 이런 시를 가끔 아파트 게시판에 게재해 주었는데 여러 입주민께 더러 관심을 받았던 것 같다. 시에 대한 나의 이 고집스러운 생각은 그분이 세 번째 사무실로 찾아오셨을 때 설득당하고 말았다. 이런 이유로 비롯되어 나는 전문적인 시를 배우기 위해서 서울 모 대학교 평생교육원에 등록하게 되었고 이듬해 봄부터 본격적인 시를 배우게 되었다.

그때 당시 입주자대표회장님의 지극한 배려로 업무에 지장을 주지 않는 범위 안에서 언제든지 갈 수 있도록 허락을 해 주셨다. 매주 화요일이면 나는 서울행 막차를 타고 밤에 빛나는 황홀한 오색 불빛이 찬란한 고속도로를 달려갔다. 서울 터미널에 도착하면 밤 11시경이 되었고, 거기에서 대학교 평교원 주변에 있는 모텔까지 도착하려면 1시간이 더 소요되었다. 미로 속 같은 지하철 내에 들어서면 어디가 어딘지 제대로 분간이 안 되어서 입 동냥으로 길을 찾아 들어서 겨우 자정이 다 되어갈 때쯤 하룻밤을 지낼 수 있는 모텔방에 들어가서 짐을 풀었다.

　　첫 시 수업을 받게 되던 날 평교원 교수님께서 말씀하셨다.
　　"저기 통영에서 오신 선생님 전화는 받았는데, 정말 오실 줄 몰랐어요."
　　그때 시 수업을 받으러 온 예비 시인들이 41명이나 되었다. 평교원 교수님이 정규 대학 반인원보다 많다며 기분이 좋으셨다. 그런데 시 수업을 한 두 번 받아보니 내가 생각했던 시 수업이 아니었다. 그래서 그만두려고 마음을 잠시 먹었다가 오기로 생각을 다시 고쳐먹고 평교원 교수님의 시집을 한 권 사서 주말에 섭렵해 보았다. 어떤 시 강의인지 맥을 잡을 수가 있었다. 평교원 교수님은 매주 숙제 시를 과제로 내어주었다. 세 번째 숙제 시를 접하고 나서 나는 아파트 단지 내에서 해마다 봄이 되면 언 땅을 헤집고 한창 꽃대를 올리기 위해서 돼지 뒤 발톱 모양으로 무수히 돋아나는 튤립의 새순에 옛 정서를 불러들여 숙제 시를 완성시켜 보았다. 이 숙제 시는 평교원에서 첫 장원을 받았다. 시평을 하시던 교수님이 "이러면 안 돼" 하는 소리에 '아! 이것도 아닌가'하는 생각을 하고 있는데, "몇 번 가르쳐주지도 않았는데, 너무 잘 썼어요"라며 칭찬을 과하게 해 주셨다.

그 장원 시의 백미는 '햇살'이다. 숙제 시를 한 편 써놓고 한 행에서 알맞은 시어를 찾지 못해 고민하고 있는데 초등학교에 다니고 있는 딸이 방으로 들어와서 내 옆에 앉았다. 쓰던 시를 딸에게 보여주며 "딸, 여기 어떤 말이 좋을까?" 순수한 딸의 감성을 엿보고 싶었다. 한 두어 번 읽어보더니, "'햇살 넣고'가 좋겠어요" 딸의 말을 듣고 보니 정말 잘 어울리는 표현이었다. 아래에 첫 장원을 받았던 시를 올려본다.

튜울립, 돼지꿈으로 피어나다

우리 집 화단에는 돼지들이 숨어있다
뾰족뾰족한 발톱들을 헤아릴 수가 없다
땅을 헤집고 있는 돼지들의 아우성이 들린다
봄비에 햇살 넣고 끓인 죽을 달라고 꿀꿀거린다
허기진 돼지들이 짧은 목줄기를 쭉 뽑아 올린다
둥글둥글한 죽통들이 머리맡에 하나둘씩 놓인다
배부른 돼지들이 노래를 부른다
"토실토실 아기돼지 젖달라고 꿀꿀꿀
엄마돼지 오냐오냐 알았다고 꿀꿀꿀..."

옛 생각이 노랫소리에 실려 온다
일 원이면 뻥튀기 한 장
십 원이면 라면땅 한 봉지
오십 원이면 아이스께끼 하나를 사 먹을 수 있었던 그때
장롱 위에 숨어 살던 빨간 돼지가 우리들의 주전부리를 빼앗아 먹었다
꿈속의 돼지에게 물어본다
시인의 꿈이 이루어질 수 있을까
돼지! 돼지! 당연히 돼지!

첫 장원을 받은 숙제 시에 대한 칭찬에 힘입어 나는 매주 주어지는 숙제 시를 거뜬하게 소화해 낼 수 있었다. 간간이 장원을 받는 기분은 풍선을 달고 날아오르는 기분이었다. 매주 예비 시인들과 시의 세계로 끝없이 빠져들 때면 꿈을 꾸듯이 행복하였고 내가 살아있는 존재의 이유를 찾을 수 있었다.

세상에서 가장 행복한 사람은 '내가 하고 싶은 일을 하며 지내는 것'이라고 흔히들 말하는데 나는 이 말이 비로소 무슨 의미인 줄 알게 되었다. 이후 나는 한층 더 깊은 시의 세계를 배워보기 위해서 경기도에 있는 모 대학교 평교원에 또다시 등록해서 시의 또 다른 기법인 '사유시'를 배우게 되었다. 현대 시의 묘미를 한층 더 느낄 수 있는 계기가 되었고 사물을 달리 바라보는 안목과 생각을 지닐 수 있었다.

이십 대의 막연했던 꿈이 현실로 드러나기까지 거의 30년이 걸렸다. 하지만 시가 내 곁에 있어 주어서 지금 여기까지 와 있음을 부인할 수가 없다. 시는 나의 영원한 안식처이자 내 삶의 길잡이였다. 그리고 시가 있어 나는 더없이 행복한 인생의 주인이 되었다.

詩의 꽃

김용득 그림_ 어미새가 나는 이유